Alex Herr
Echt dumm gelaufen

AF186672

In Liebe für
Petra,
Leonore, Katharina und Rebecca

# Über den Autor

Alex Herr ist das Pseudonym des Autors Alexander Herrmann-Weikert.

Er wurde 1962 in Dresden geboren. Schon in seiner Jugend schrieb er Gedichte, Geschichten und Theaterstücke. Nach dem Studium an der Hochschule für Musik „Hanns Eisler" in Berlin, arbeitete er zunächst als Regieassistent am Theater in Chemnitz. Anschließend war er über 25 Jahre als freischaffender Opernregisseur an vielen Theatern von Rostock bis Dresden und von Wuppertal bis Hongkong tätig. Während dieser Zeit schrieb Alexander Herrmann-Weikert immer wieder Texte fürs Theater. Diese Libretti und Theaterstücke für Kinder wurden unter seiner Leitung uraufgeführt.

In den letzten Jahren widmete er sich verstärkt dem Schreiben von Geschichten. 2014 begann die produktive Zusammenarbeit mit der Literarischen Agentur HML-Media Nürnberg. Im Auftrag der Agentur verfasst der Autor Love- und Truestorys für verschiedene Zeitschriftenverlage, unter anderen für die große deutsche Publikumszeitschrift „auf einen Blick". Dort veröffentlicht der Autor regelmäßig in der Reihe „Heimatkrimi".

Alexander Herrmann-Weikert lebt mit Frau, drei Töchtern und einem Hund in Berlin. Mit „Echt dumm gelaufen" legt der Autor seinen zweiten Krimiband vor.

Alex Herr

# Echt dumm gelaufen

## 30 heitere Kurzkrimis

Bibliografische Information der Deutschen Nationalbibliothek:
Die Deutsche Nationalbibliothek verzeichnet diese Publikation in der Deutschen Nationalbibliografie; detaillierte bibliografische Daten sind im Internet über http://dnb.dnb.de abrufbar.

Herstellung und Verlag: BoD –
Books on Demand, Norderstedt

Impressum:
1.Print Auflage | August 1019
Copyright ©2019 Alex Herr, Berlin
und Literarische Agentur HML-Media Nürnberg
Siemensstraße 47, D-90459 Nürnberg
www.hmlmedia.de
Cover©2016 Niklas-Philipp Gertl, Wien
www.ebook-illustration.de
Lizenzvergabe auf Anfrage.
Nachdruckdienst HML-Media Nürnberg
Alle Rechte vorbehalten!
Auch als E-Book bei Kindle Amazon erhältlich!

ISBN: 9783748199472

# Inhaltsverzeichnis

# Der tote Hahn

*Neuhardenberg*
*Sonntag, 9. Januar, von 7.12 Uhr bis 7.57 Uhr*

Kalle schreckte aus dem Schlaf. Irgendetwas stimmte nicht. Er richtete sich im Bett auf und lauschte angespannt. Aber außer Coras leisem Schnarchen herrschte eine merkwürdige Stille. Gerade dies beunruhigte ihn. Er spähte zum Fenster. Der Morgen dämmerte bereits. Hatte er verschlafen? Aber das konnte doch nur passiert sein, wenn nicht …

In Panik taste Kalle nach dem Wecker auf dem Nachtisch. Dabei fegte er das Schälchen mit den Tabletten herunter. Die kleinen Pillen rollten über den Fußboden und verschwanden in der einen oder anderen Ritze des Dielenfußbodens. Er fluchte leise. Aber darum würde er sich später kümmern. Kalle streckte weiter seinen Arm aus. Endlich bekam er den Wecker zu fassen. Der Blick auf das beleuchtete Zifferblatt gab ihm Gewissheit: Er war kurz nach sieben Uhr. Rudis Hahnenschrei war erstmalig nach zwei Jahren ausgeblieben. Dabei verließ sich doch ganz Neuhardenberg – na gut, zumindest die naheliegende Umgebung – auf diesen Weckruf.

„Ick muss zu Rudi. Irjendwat ist faul", murmelte Kalle halblaut. Es war ein Ding der Unmöglichkeit, dass er den Ruf seines geliebten Hahnes überhört hatte. Er schwang sich aus dem Bett. Die nackten Füße tasteten nach den Pantoffeln. Es knirschte zwischen seinen Zehen. Na toll! Kalle warf einen genervten Blick auf die Überreste der zerbröselten Pillen, ehe er in das flauschige Fell seiner Puschen schlüpfte. Dann stürmte er die Treppe hinunter.

„Rudi, immer nur Rudi! Du hast auch noch 'ne Frau, falls du das vergessen hast", rief ihm Cora hinterher. Kalle drehte sich nicht um. Er hatte jetzt wirklich Wichtigeres im Kopf. Das ewige Genörgel seiner Alten ging ihn von Jahr zu Jahr mehr auf den Geist. Was wollte sie eigentlich von ihm? Womöglich war sein Rudi in Gefahr. Er liebte seinen Hahn!

Allein der Gedanke, wie viele Preise er mit Rudi in den letzten Jahren gewonnen hatte, ließ ihn vor Rührung erbeben. In jener Zeit war Kalles Selbstwertgefühl immens gestiegen. Aber von solchen Dingen haben Frauen keine Ahnung. Insbesondere Cora nicht!

Kalle stürzte aus der Tür. Eisige Kälte schlug ihm entgegen. Aber er beachtete diese kaum. Nicht einmal einen Mantel hatte er sich übergezogen. So kämpfte er sich im Schlafanzug und Puschen an den Füßen mühsam durch den kniehohen Schnee zum Hühnerstall. Schon von weitem hörte er ein aufgeregtes Gegacker. Eine böse Ahnung beschlich ihn. Er atmete einmal tief durch, bevor er das schwere Tor aufschob. Als Kalle dieses nur einen Spalt geöffnet hatte, erstarrte er. Wenige Schritte von ihm entfernt lag der Hahn in seinem Blute.

„Rudi!" Verzweifelt fiel Kalle auf die Knie. Hemmungslos fing er an zu schluchzen. Tränen rannen über sein Gesicht. Erst als er sich ein wenig beruhigt hatte, stellte er sich die alles entscheidende Frage: Wer hatte Rudi umgebracht?

War ein Fuchs der grausame Übeltäter? Doch dieser hätte es nicht dabei belassen, den Hahn zu killen, sondern sich auch an den Hennen gütlich getan. Diese waren zwar durchaus aufgeregt, zeigten jedoch auf den ersten Blick keine Spuren von äußeren Verletzungen. Obwohl es Kalle Überwindungen kostete, beugte er sich noch einmal über seinen toten Freund. Da entdeckte er den Schnitt am Hals des Hahnes. Kalle erlangte Gewissheit: Das war kein Werk eines Raubtieres, es war die bestialische Tat eines Menschen!

Es gab nur einen, der als Mörder in Frage kam – Achim Krüger.

Bis vor zwei Jahren verbanden Achim und ihm eine tiefe Freundschaft. Sie teilten das gemeinsame Hobby Hühnerzucht. Gemeinsam fuhren sie zu den Zuchtausstellungen - mal gewann Kalle, mal Achim. Sie feierten gemeinsam die Siege, tranken gemeinsam so manches Feierabendbier und zweimal waren sie sogar gemeinsam mit ihren Frauen in den Urlaub gefahren. Die beiden beschwerten sich hinterher, dass ihre Alten sich die ganze Zeit nur über Rassegeflügel unterhalten hatten. Es herrschte wirklich die reinste Harmonie zwischen den beiden Männern, bis zu dem Zeitpunkt als Rudi in Kalles Leben trat. Auf einem Schlag war es mit den Gemeinsamkeiten vorbei. Mit dessen wundervollen Federkleid und seinen perfekten Maßen war Rudi stets der Favorit auf jeder Geflügelrasseausstellung. Dagegen schaffte es Gustav, Achims aktuell bester Hahn im Stall, ein einziges Mal auf einen fünften Platz. Klar, dass da sein ehemaliger Freund neidisch wurde.

In zwei Wochen stand die Bundesgeflügelausstellung vor der Tür. Achim hatte bereits im Vorfeld überall herausposaunt: Diesmal würde er gewinnen.

Allein der Gedanke war lächerlich, wenn Achim nicht Rudi aus dem Weg geräumt hätte.

Mit einem Wutschrei sprang Kalle auf, stürmte aus dem Hühnerstall und rannte quer über die Marxallee – einem Überbleibsel aus der Zeit, als Neuhardenberg noch den Namen des bärtigen Philosophen trug. Dabei rutsche er mehrmals auf der spiegelglatten Straße aus, konnte sich jedoch jedes Mal im letzten Moment abfangen. Aber dies steigerte seine Wut noch mehr. Schließlich stand Kalle mit hochrotem Kopf vor dem Haus des Mörders. Ja, er hätte die Pille gegen Bluthochdruck nehmen müssen, aber diese lagen verstreut und zertreten in seinem Schlafzimmer. Das war jetzt egal. Er musste Achim zur Rede stellen. Mit den Fäusten hämmerte er gegen die Pforte.

„Komm raus! Ick mach dir fertig."

Verschlafen öffnete Achim die Tür.

„Wat willste so früh?"

Statt einer Antwort packte ihn Kalle am Kragen und zerrte Achim aus dem Haus.

„Hast du meinen jeliebten Rudi nur wejen der dämlichen Bundesgeflügelschau jemeuchelt?"

„Ich hab nix gemacht?"

„Lügner!" Kalle ging seinen Nachbarn an die Gurgel. Keinen Augenblick später wälzten sich die Männer im Schnee.

„Seid ihr verrückt geworden!", brüllte Cora von der anderen Straßenseite. Doch die beiden Männer nahmen sie gar nicht wahr, so waren sie ineinander verkeilt. Energischen Schrittes überquerte Cora die Marxallee und baute sich vor ihnen auf.

„Hört auf mit dem Scheiß!" Ihre Stimme

hallte bis zum nahegelegenen kleinen Flugplatz. Für einen Moment hielten die beiden Männer inne. Kalle schaute erstaunt zu seiner Frau auf. So energisch hatte er sie noch nie erlebt. Er wollte schon etwas erwidern, da fiel sein Blick auf ihre Stiefel. An der Sohle klebte eine kleine bunte Feder. Kalle erkannte sie sofort. Sie stammte eindeutig aus Rudis Federkleid. Aber Cora hatte noch nie einen Fuß in den Hühnerstall gesetzt ...

„Du hast Rudi getötet?", stotterte er ungläubig.

Seine Frau schwieg eine Weile. Schließlich sagte sie:

„Endlich nimmst du mich wieder wahr. Dafür war es wert, dass ich diesem Dreckshahn die Kehle durchgeschnitten habe." Sie drehte sich um und ließ ihren Mann einfach stehen.

# Falsches Spiel

*Berlin-Kreuzberg*
*Samstag, 25. Februar von 0.52 Uhr bis 1.47 Uhr*

Der Rauch von ungezählten Zigaretten hing wie eine Dunstglocke in dem Kreuzberger Hinterzimmer. Allerdings störte sich niemand daran. Angespannt saßen die Spieler an den Tischen, zogen unablässig an ihren Kippen und starrten auf ihr Blatt. Keiner von ihnen sprach ein Wort. Nur ab und an hörte man einen deftigen Fluch. Ansonsten war das Klatschen der Karten auf die Holzplatten der Tische die einzige Musik im Raum.

Während Achmed die Karten verteilte, schaute Berzan unzufrieden in die Runde. Die bisherige Ausbeute des Abends war mager. Kein Wunder. Heute waren mal wieder nur die üblichen „Verdächtigen" zur Pokerrunde erschienen. Diese Ansammlung von Spielsüchtigen konnte man nicht so leicht übers Ohr hauen. Misstrauisch beäugten sie sowohl den Kartengeber als auch ihn als Mitspieler. Sie kannten schon lange ihre Spielchen. Jeder von ihnen war mindestens einmal von den beiden bis aufs Hemd ausgenommen wurden. Trotzdem kamen sie immer wieder.

Als die Tür aufging, hellte sich Berzans Miene schlagartig auf. Mario, ihr „Lockvogel", schob ein junges Pärchen in den Raum – ein schüchterner Typ mit kleiner Nickelbrille und eine Blondine, die recht attraktiv war, trüge sie nicht ein hochgeschlossenes Blümchenkleid mit Spitzenkragen.

Mario gab ihm ein unauffälliges Zeichen. Das war nicht notwendig. Berzan hatte sofort mit Kennerblick das Potential der Neuankömmlinge erkannt. Sicher, ihre Kleidung wirkte provinziell, aber die Perlenkette am Hals der Blondine verriet, dass sie nicht ganz unvermögend waren. Beide konnten ihre Unsicherheit nur schlecht kaschieren. Wahrscheinlich kamen sie irgendwo aus der Provinz und trauten sich das erste Mal nach Berlin. Berzan schmunzelte: Dies waren genau die „Kunden", auf die er den ganzen Abend gewartet hatte.

„Ey Alta, verzieh disch zu Tisch drei. Isch brauch den Platz für die Neuen", raunte er seinen rechten Mitspieler zu. Ehe dieser aufmucken konnte, warf Berzan ihn einen solchen vernichtenden Blick zu, dass dieser ohne Murren der Anweisung folgte. Nun stand Berzan auf und schlenderte mit seinem Haifischlächeln dem Paar entgegen.

„En kleenes Spielchen jefällig." Bewusst wechselte Berzan von seinem gewohnten Kanak Sprak ins Berlinerische. Er wusste, dass der türkisch-deutsche Slang die Provinzler eher abschreckte. Dagegen würde der olle Zilledialekt ihnen sofort Vertrauen einflößen. Und darauf kam es jetzt an.

„Ich weiß nicht …". Der junge Mann mit der Harry Potter Brille schaute sich hilfesuchend nach seiner Begleiterin um.

„Lady, jebense ihrem Freund 'nen kleinen Schubs. Sie werden es nicht bereuen."

„Nicht Freund, sondern Ehemann", verbesserte die junge Frau. „Wir sind auf Hochzeitsreise." Dabei schaute sie ihren Angetrauten verliebt an.

„Gratulation. Da haben Sie jenau den richtjen Ort ausjewählt." Berzan trat zwischen das Paar und umfasste die beiden jungen Leute an den Schultern. „Ein bisschen Abenteuer, ein wenig verrucht. Außerdem kann ihre Reisekasse bestimmt 'ne Aufbesserung jut jebrauchen." Sanft schob er die beiden in Richtung des Tisches, wo Achmed schon lächelnd die Karten mischte. Der bebrillte junge Mann entzog sich Berzans Griff.

„Ich weiß nicht, Mandy …". Für einen Augenblick stand das Pärchen unschlüssig da. Doch Berzan bemerkte sofort, dass die Blondine neugierig zu den Spieltischen spähte.

„Wollen wir es eventuell doch nicht einmal probieren? Ich finde das so aufregend." Dabei zupfte sie, wie ein kleines Kind an dem Jackett ihres Mannes. Doch dieser schüttelte energisch den Kopf. Es war höchste Zeit für Berzan einzugreifen.

„Wenn Ihr Ehejatte nich will, vielleicht versuchn Sie Ihr Glück."

Wiederum sah sie sehnsuchtsvoll zu den Spieltischen hinüber. Doch ihr Mann trat vor sie, um ihr bewusst die Sicht zu den Tischen zu versperren.

„Mandy! Gegen diese Profis hast du keine Chance."

Berzan verdrehte die Augen. Der belehrende Tonfall des Brillenheinis erinnerte ihn an seinen Deutschlehrer. Er hatte ihn gehasst.

„Sagst du nicht immer selber: Wer nicht gewagt, der nicht gewinnt!" Bevor ihr Mann etwas sagen konnte, gab sie ihm einen Kuss auf den Mund und steuerte den zugewiesenen Spieltisch an. Selbstbewusst setzte sich Mandy an den freien Platz. Erleichtert atmete Berzan auf. Dann zwinkerte er Achmed heimlich zu. Dieser wusste selbstverständlich genau, was zu tun war. Die Karten flogen über den Tisch.

„Sie kennen die Regeln?" Charmant wandte sich Berzan an seine Nachbarin. Die Blondine gab ihm einen kleinen Stoß in die Seite.

„Alter! Was denkst du denn!" Dabei kicherte sie aufgeregt und schnappte sich die Karten.

„Ihren Einsatz bitte."

Mandy holte ein kleines goldbesticktes Portemonnaies hervor und kramte ein wenig darin herum. Letztendlich griff sie zögernd nach einem Fünfziger.

„Wer nicht wagt, der nicht gewinnt!", sagte sie, wie zur Selbstbestätigung, ein zweites Mal. Sie stopfte den Fünfziger zurück in die Börse, nahm stattdessen einen Hunderter und knallte ihn auf den Tisch. Der junge Mann mit der Brille erblasste. Das Spiel nahm seinen Lauf. Ein Spieler nach dem anderen deckte die Karten auf.

„Flush!", schrie Mandy voller Begeisterung und vollführte einen kleinen Luftsprung.

„Da kann ick leider nicht mithalten!" Bedauernd schob Berzan ihr den Gewinn zu. Sofort nahm sie neue Karten auf und setzte einen großen Teil des gerade eingenommenen Geldes.

Eine Runde gab Berzan ihr noch. Es war ein altes Gesetz – die ersten Runden mussten immer an das zukünftige Opfer gehen, bevor es gnadenlos ausgenommen wird. Kurz verständigte er sich mit Ahmed. Logischerweise ging das zweite Spiel wiederum an die hübsche Blondine mit dem biederen Kleid.

Ahmed gab die Karten für die dritte Runde aus. Berzan erhöhte das Gebot. Mandy folgte ihm, ohne mit der Wimper zu zucken. Mit einem breiten Grinsen legte Berzan die Karten auf den Tisch:

„Zehn, Zehn, Zehn, vier, vier – Full House!"

Mandy sah ihn lange an. Dann deckte sie ihre Karten auf.

„As, As, As, As – Vierling!"

Berzan konnte es nicht fassen. Wütend blickte er zu seinem Kumpel herüber. Hatte der gepennt?

Doch Achmed starrte genauso entsetzt auf die Karten der jungen Frau. Verdammt, eine Falschspielerin! Sie hatte ihn mit ihrem biederen Outfit und ihrem naiven Getue getäuscht. Aber so leicht führte man ihn nicht hinters Licht!

Berzan stieß mit einem Tritt den Tisch beiseite und zückte sein Messer.

„Du Schlampe, hältst mich wohl für bekloppt? Alte, isch mach disch fertisch!"

Dann ging alles blitzschnell. Mandy schnellte in die Höhe und trat mit dem Fuß die Waffe aus Berzans Hand. Bevor er sich besinnen konnte, hatte sie seinen Arm gepackt und ihn mit einem Judogriff auf den Boden befördert.

„Polizei, Sie sind verhaftet!"

Während Mandy auf dem Rücken von Berzan kniete, stürmte ein Einsatzkommando der Polizei den Raum. Berzan brauchte einen Moment, ehe er die Situation realisierte. Die Falschspielerin war ein Bulle! Darauf wäre er nie gekommen. Er warf Mandy einen anerkennenden Blick zu.

„Eins musste mir noch verraten, Blondie, wo haste so verdammt gut Falschspielen gelernt?"

Die Kommissarin lächelte zweideutig.

„Jede Frau hat so ihre Geheimnisse."

Dann zehrte sie Berzan hoch und führt ihn ab.

# Goldregen

*Thale*
*Donnerstag, 14. Mai von 19.25 Uhr bis 20.43 Uhr*

„Endlich Feierabend!" Wachtmeister Holm ließ sich in den Liegestuhl fallen. Völlig entspannt schloss er die Augen und genoss die warmen Strahlen der Abendsonne. Holm taste nach dem Eimer mit Eiswasser, fischte sich ein Bier heraus und köpfte den Kronkorken mit einem alten Trick.

Ah – der erste Schluck war immer der beste! Er spürte, wie das kühle Nass seine Kehle herunterrann.

Wenn die Scheidung etwas Gutes hatte, so war es dies, dass er nach Feierabend endlich alle Fünf gerade sein lassen konnte. Stress hatte er auf seiner Dienststelle genug: Steigende Einbruchsraten, unzählbare Überstunden, die er in Leben nicht mehr abbummeln konnte und dann war da noch Schneider, sein unfähiger, aber ständig nervender Chef ...

An all dies wollte er jetzt nicht denken. Aus dem Grund setzte er sich nach Feierabend lieber auf seine Terrasse anstatt vor die Glotze, wo doch nur irgendwelche Krimis liefen.

Holm ließ den Blick in die Ferne schweifen. Überall in seinem Garten grünte und blühte es.

Der wahre Blickfang in diesem Paradies war jedoch der Goldregen, der sich vom Nachbargrundstück über den Zaun entfaltete. Holm mochte diese giftigen Pflanzen mit ihren gelben Blütentrauben.

Langsam führte er die Flasche Bier wieder an seinen Mund. Plötzlich vernahm er aus dem Nachbarhaus ein Röcheln. Holm hielt inne und lauschte. Täuschte er sich oder rang da jemand verzweifelt nach Atem? Sicher war es nur eine Sinnestäuschung, eine Art Berufskrankheit hinter jedem und allem ein Verbrechen zu vermuten. Holm setzte die Bierflasche wieder an. In dem Moment stürzte auf dem Nachbargrundstück etwas stöhnend zu Boden. Verdammte Scheiße, hatte sein Nachbar einen Herzanfall?

Holm sprang auf, warf einen bedauernden Blick auf die halbleere Bierflasche, stellte sie ab und rannte los.

Er mochte Boris Wilakonowitsch. Der ältere Herr lebte, genau wie er selber, allein. Aber so ganz stimmte das wohl nicht. Bei dem Russen gingen die Damen ständig ein und aus, während bei ihm kein einziges weibliches Wesen seit seiner Scheidung das Bett mit ihm geteilt hatte. Dagegen konnte man seinen Nachbarn mit Fug und recht als einen alten Charmeur bezeichnen. Ständig trug er Anzüge, denen man ansah, dass sie nicht von jener Billigkette stammten, bei der sich Holm einkleidete. Sein schon etwas spärlichen Haare, brachte er mit reichlich Pomade in Form und sein schmaler gepflegter Schnurrbart, gaben ihm eine gewisse zwiespältige Ausstrahlung. Aber gerade diese schien bei dem weiblichen Geschlecht Anklang zu finden. Irgendwann hatte Holm aufgehört, sich die Namen von Boris Freundinnen zu merken. In letzter Zeit hatte sich die Zahl der Favoritinnen auf zwei gutaussehende Witwen aus der Nachbarschaft eingependelt. Beide kämpften hartnäckig um die Zuneigung des eleganten Russen.

Holm klingelte an der Tür seines Nachbarn Sturm. Nach einer gefühlten Ewigkeit öffnete sich die Tür und ein weiblicher grauer Kurzhaarschnitt sah ihn mit aufgerissenen Augen an. Es war Gertrud, eine der besagten Witwen.

„Oh … Herr Holm, ohne ihre Uniform, hätte ich Sie beinah nicht erkannt."

Der Wachtmeister bemerkte, wie der Blick der Witwe kritisch von oben nach unten über seinen Jogginganzug wanderte und sich an den abgelatschten Turnschuhen festbohrte. Im nächsten Moment stieß die ältere Dame einen hysterischen Schrei aus.

„Es ist etwas Schreckliches passiert! Der Boris brach völlig unvermittelt zusammen. Ich glaube, er ist tot!" Ein tiefer Schluchzer entrang sich ihrer Brust. Ehe Holm etwas erwidern konnte, hatte ihn die ältere Dame am Handgelenk gepackt und ins Wohnzimmer gezerrt.

Auf dem Sofa lag Boris Wilakonowitsch völlig reglos. Sein Gesicht war bläulich angelaufen. Sofort kniete sich Holm neben ihn und legte sein Ohr auf die Brust des Nachbarn. Kein Herzschlag war zu vernehmen. Als Nächstes kramte der Wachtmeister eine Streichholzschachtel aus seiner Jogginghose, nahm ein Hölzchen heraus, zündete dieses an und hielt es Boris vor den Mund. Die Flamme veränderte sich kein bisschen.

Holm kratzte sich am Kopf.

„Mhh … Da ist wohl nicht mehr viel zu machen." Er drehte sich zu Gertrud um. Im Augenwinkel registrierte er, wie diese blitzschnell die Schublade des Schreibsekretärs schloss. Gertrud, die Holms Blick bemerkt hatte, lächelte verlegen. Dann senkte sie die Augen und seufzte ein zweites Mal.

„Der Boris, war so ein anständiger Mann." Plötzlich kullerten ein paar Tränen über ihre Wangen. Nichts hasste Holm mehr, wenn Frauen weinten.

„Erzählen Sie einmal, wie es zu dem Unglücksfall gekommen ist", knurrte er, um überhaupt etwas zu sagen.

Gertrud ließ ihren inzwischen schon dritten

Seufzer vernehmen.

„Boris und ich haben gespeist - Salat. Da ...“

In dem Moment flog die Wohnzimmertür auf und eine weitere ältere Dame stürmte in den Raum. Holm hat keine Ahnung, ob sie von der Straße kam oder aus einen der angrenzenden Räume.

„Mein Boris! Mein geliebter Boris!“ Mit einem Schmerzensschrei fiel sie vor dem Sofa nieder.

„Hilde, was hast du hier zu suchen?“, fragte Gertrud äußerst spitz.

„Du wirst mich nicht daran hindern, den Mann, der mich geliebt hat, angemessen zu betrauern.“ Hilde bedachte ihre Konkurrentin mit einem herablassenden Blick.

Ein hysterischer Juchzer kam aus Gertruds Kehle.

„Boris - dich lieben? Ich war die Liebe seines Lebens. Jeden Mittag hab' ich für ihn gekocht.“

Hilde verschränkt empört die Arme vor der Brust.

„Und ich hab' das Abendbrot ihm bereitet!“

Ohne Vorwarnung stürzten sich die Nebenbuhlerinnen aufeinander. Todesmutig sprang Holm zwischen die beiden Streithennen, um sie voneinander zu trennen. Vergeblich. Die Keiferei ging ohne Unterbrechung weiter. Der Wachtmeister bekam nur dies bestätigt, was er ohnehin schon wusste: Boris Wilakonowitsch hatte mit beiden Damen zur gleichen Zeit ein Verhältnis. Wenn die Sache nicht so tragisch war, hätte Holm über die beiden streitenden „Witwen" geschmunzelt.

„Nun noch einmal langsam. Eine nach der Anderen." Holm musste brüllen, um sich Gehör zu verschaffen.

„Boris war ein wunderbarer Mann." Gertrud wischte sich eine weitere Träne aus dem Auge. Inzwischen war ihre Wimperntusche schon völlig verschmiert.

„Er konnte so charmant sein." Versonnen hob Hilde ihren Blick.

„In seiner Gegenwart fühlte man sich gleich um Jahre jünger", pflichtete Gertrud bei. Sie zog Holm zu sich heran und flüsterte ihm zu:

„Vor ein paar Monaten erhielt er eine große Erbschaft. Er wollte sie dafür nutzen, um mit mir einen unbeschwerten Lebensabend zu verbringen."

Hilde ergriff Holms Hand und schaute ihn eindringlich an.

„Glauben Sie ihr nicht, mit mir wollte Boris einen Neubeginn starten! In seiner Villa in Sotschi, am Schwarzen Meer …" Mit einem Mal bemerkt Hilde die halbgeöffnete Schublade.

„Du hast nach dem Geld gesucht, bevor Boris unter der Erde ist? Schämst du dich nicht?"

Gertrud schluckte, dann stotterte sie:

„Von dem Geld ist weit und breit keine Spur."

„Lüg mich nicht. Du willst es nur für dich haben! Das ist gegen die Absprache."

Wieder standen sich die beiden alten Damen wutschnaubend gegenüber. Ein Klingeln an der Haustür verhinderte, dass sich die beiden ein zweites Mal aufeinander stürzten. Als sich keiner der Damen rührte, ging Holm zur Tür und öffnete diese. Eine vollbusige Frau mit blond gefärbter Dauerwelle sah ihn erstaunt an. Nur die Fältchen um ihre Augen verrieten, dass sie wohl auch die Siebzig bereits überschritten hatte.

„Wo ist Boris?", stotterte sie unbeholfen. Auch Holm war für einen Augenblick verwirrt. Dann bat er die Frau jedoch herein. Als sie den toten Boris auf dem Sofa entdeckte, ließ sie sich bleich auf einen Stuhl fallen.

„Das kann doch nicht … Das darf nicht …"

Hilde und Gertrud musterten die Frau eingehend.

„Sie hat kein Anrecht auf Boris", zischte Gertrud.

„Jeden Tag, haben wir uns um ihn gekümmert und nun wollte er uns wegen dieser Schlampe verlassen …"

Holm musterte die drei Frauen und auf einmal stieg ein Verdacht in ihm auf. Sein Blick wanderte in Boris Wilakonowitschs herrlichen Garten. Da stand der Goldregen in seiner vollen Pracht.

Holm ließ die drei Frau stehen und eilte in die Küche. Die Reste des Abendessens standen noch auf dem Tisch: drei Salatteller, zwei davon waren unbenutzt, eine große Salatschüssel. Mit einer Gabel schob er einige Salatblätter beiseite. Da sah er die giftigen Fruchtkapseln des Goldregens. Holm fluchte leise: Nun hatte er doch wieder einen Kriminalfall. Die beiden Feindinnen hatten sich verbündet: Denn mit einer weiteren Frau wollten sie Boris nicht teilen!

Holm kehrte mit der Salatschüssel in das Wohnzimmer zurück.

„Goldregen. Wer dieser Früchte isst, muss unwillkürlich sterben. Das wussten Sie doch?"

Er blickte Gertrud und Hilde gleichzeitig streng an. Dann holte er sein Handy hervor und wählte die Nummer seiner Dienststelle.

# Happy new year!

*Potsdam*
*Dienstag, 31. Dezember von 14.32 Uhr*
*bis Mittwoch, 1. Januar 0.07 Uhr*

„Nur teure Smartphones?" Mischa verschlug es fast die Sprache. War der Boss jetzt völlig durchgedreht? „Normalerweise nehm ich, was ich kriegen kann. Es ist absolute Glückssache, was ich erwische. Ich habe einfach nicht die Zeit alles zu sortieren." Nervös biss er sich auf die Lippen. Jeden Augenblick erwartete er einen der Wutausbrüche, für die Kowaltschik berüchtigt war. Aber der stand vom Sofa auf, kam mit einem breiten Lächeln auf ihn zu und legte seine dichtbehaarte Pranke auf Mischas schmale Schultern.

„Keene Sorje, Papi hat schon 'nen Plan." Ein dröhnendes Lachen ertönte aus dem rund drei Zentner schweren Körper. Mit einer übertriebenen Geste zückte er aus der Brusttasche seines Hemdes eine Einladungskarte.

„Für Dich."

Verdattert nahm Mischa die Karte entgegen. Normalerweise war es in seinen Kreisen nicht üblich, zu irgendwelchen Partys eingeladen zu werden.

„Danke Chef, das ist aber nicht nötig", stotterte Mischa. Kowaltschik ließ eine zweite ohrenbetäubende Lachsalve auf ihn herunterprasseln.

„Ich? Dich? Zu 'ner Party … einladen … zu meiner Party … hahaha … vielleicht noch zu meiner Geburtstagspartie …hahaha" Kowaltschik bekam vor Lachen Tränen in den Augen. Er brauchte gefühlte zehn Minuten, bis er sich wieder beruhigt hatte. „Das ist nicht zu deinem Vergnügen, sondern dies ist dein Job!", fuhr Kowaltschik ihn mit einmal barsch an. Mischa schluckte. Was war er doch für ein Trottel.

„Hab, schon verstanden, Boss!", erwiderte Mischa unterwürfig. „Tut mir leid. Keine Ahnung, wie ich das so missverstehen konnte."

„Schon gut, schon gut. Nun pass mal auf Kleener, die Einladung ist für 'ne exklusive Silvesterparty im Preußenhotel. Du schmeißt dir in Schale und gehst dort dann uff Beutezug."

„Geht klar, Boss!"

„Und nur teure Smartphones. Haste verstanden. Teure Smartphones! Ick hab' da ein Großabnehmer an der Angel und dem soll ick bis morgen Mittag die Ware liefern."

„Alles kein Problem Boss."

„Nun mach dir auf die Socken. Ick muss mir uff meine eigene Silvesterpartie vorbereiten." Mit einem gewissen Nachdruck schob ihn der massige Mann aus der Tür. Als diese sich hinter ihm schloss, atmete Mischa erleichtert auf.

Trotzdem hatte er ein mehr als ungutes Gefühl. Normalerweise war sein Arbeitsplatz das Gedränge in der Potsdamer Altstadt: Holländerviertel, Sanssouci, das alte Kaufhaus, aber so 'ne versnobte Reichenparty? Er hatte keine Ahnung, wie man sich dort bewegt, ohne aufzufallen. Was würde er tun, wenn irgendjemand sich mit ihm über den letzten Aktienstand an der Börse unterhalten wollte. Allein der Gedanke ließ ihn schon den kalten Schweiß den Rücken herunterlaufen.

Als Nächstes fiel ihm sogleich ein rein praktisches Problem ein: Wo sollte er die verdammten gestohlenen Handys verstauen? Ein Jackett hatte zu wenig Taschen. Nicht umsonst war die wichtigste Arbeitskleidung eines Taschendiebes immer ein großer Mantel. Doch er konnte unmöglich den ganzen Abend auf der Party mit einem Mantel herumlaufen. Auch die Anzughose war nicht geeignet. Vielleicht …

Eine dreiviertel Stunde später durchwühlte Mischa den Kleiderschrank seiner Freundin. Tanja war türenschlagend aus der Wohnung gerannt, als sie erfuhr, dass er nicht den letzten Tag des Jahres gemeinsam mit ihr verbrachte.

„Du scheinst Kowaltschik mehr zu lieben als mich!", hatte sie noch gebrüllt. Tanja würde sich wieder einkriegen, wenn er ihr von seinem

Anteil ein neues Kleid kaufte. Jetzt musste er sich erst mal auf den heutigen Abend vorbereiten.

Mischa durchsuchte das nächste Fach und zog schließlich eine ausgeleierte Strumpfhose heraus. Zufrieden lächelte er. Das war genau das, was er gesucht hatte. Mühsam schlüpfte er in das für ihn ungewohnte Kleidungsstück ...

„Hier gibt's nur Zutritt auf Einladung." Die Stimme des muskelbepackten Türstehers war schneidend scharf. Sein ganzes Auftreten signalisierte – so einer wie du kommt nicht auf diese exklusive Silvesterparty.

„Aber sicher." Mischa zwang sich zu einem Lächeln und überreichte die Einladungskarte. Misstrauisch nahm der Türsteher sie entgegen. Er studierte sie eindringlich von allen Seiten. Da er aber nichts Auffälliges finden konnte, musste er wohl oder übel Mischa passieren lassen.

Die erste Hürde war überwunden. Jetzt kam die eigentliche Arbeit auf ihn zu. Er steuerte den Ballsaal des Hotels an, in dem er dem Klang der Musik folgte.

Die Party war bereits im Gange: Eine Band spielte Hits aus den Achtzigern, Paare tanzten engumschlungen und andere knutschten sich in den Ecken.

Zuallererst beschloss Mischa sich einen Überblick zu verschaffen. So schlenderte er möglichst unauffällig an den einzelnen Tischen entlang. Die meisten waren nicht besetzt. Aus einer liegengelassenen Handtasche lugte ein Smartphone. Ein kurzer Blick nach rechts, einer nach links und blitzschnell griff Mischa zu. Er öffnete den Bund seiner Hose und ließ das Handy in die Strumpfhose gleiten. Die Kälte des Metalls ließ ihn kurz erschauern. Ansonsten war die Idee mit der Strumpfhose perfekt.

Kurzer Zeit später versenkte er ein verwaist auf einem Tisch liegendes Smartphone. Handy Nummer drei bis fünf folgten den gleichen Weg. Dies lief ja viel unproblematischer, als er sich das vorgestellt hatte.

Mischa hatte bereits die Nummer sechs entdeckt und steuerte den betreffenden Tisch an. Da bemerkte nur wenige Schritte von sich entfernt den Türsteher. Verfolgte der Fuzzi ihn? Klar, der hatte ihn vorhin schon eingehend gemustert. Diese Typen hatten einen sechsten Sinn dafür, wer nicht hierher gehörte. Wenn Mischa sich umsah, musste er sich selber eingestehen, dass diese Veranstaltung nicht seine Kragenweite war. Er sollte vorsichtiger sein. Schnell reihte sich Mischa in die Polonaise ein, welche in dem Moment an ihm vorbeizog. Dabei angelte er seinem Vordermann das Mobiltelefon aus der Hosentasche.

Mischas nächstes Ziel war das kalte Buffet. Ehe er sich diesem nähern konnte, schmiss sich ihm eine hübsche Blondine um den Hals.

„Du gefällst mir", lallte sie mit schwerer Zunge. Während Mischa das Kompliment erwiderte, zog er ihr Handy Numero sieben aus der Handtasche. Gerade rechtzeitig konnte Mischa dieses noch in seinem Hosenbund versenken, denn in dem Moment tauchte der verdammte Türsteher schon wieder auf. Mischa verzog sich in Richtung Tanzfläche. Langsam ging ihm das ständige Katz- und Mausspiel zwischen ihm und den Türsteher mächtig auf die Nerven. Trotzdem würde Kowaltschick mit der Ausbeute zufrieden sein.

Der Schlag der Glocke kündigte die letzte Minute des alten Jahres an. Es war höchste Zeit die Party zu verlassen. Er würde Kowaltschik schleunigst die Smartphones vorbeibringen und dann sich auf die Suche nach seiner Süßen machen. Schließlich wollte er das neue Jahr in Harmonie und Liebe mit ihr beginnen. Das Silvesterfeuerwerk setzte ein. Mischa spurtete in Richtung Ausgang.

„Sie wollen schon gehen?" Der Türsteher versperrte ihm den Weg. Mischa erstarrte. Dann grinste er etwas anzüglich das Muskelpaket an.

„Ich hab noch ne andere Verabredung. Du verstehst?" Mischa stupste den Riesen in die Seite. In dem Moment spürte Mischa ein Vibrieren am ganzen Körper, gemischt mit einem Konzert verschiedener Klingeltöne. Durch den dünnen Stoff seiner Anzughose blitzten die Lichter auf. Entgeistert sah Mischa an sich herab. Eines hatte er völlig übersehen: Kurz nach Mitternacht riefen alle Leute ihre Lieben an, um ihnen ein „Happy new year" zu wünschen.

Ohne viel Federlesen schnappte sich der Türsteher Mischa, sperrte ihn in eine Abstellkammer und rief die Polizei. Kowaltschik musste wohl auf seine Smartphones verzichten.

# Feuerteufel

*Limbach-Oberfrohna bei Chemnitz*
*Mittwoch, 10. September von 19.17 Uhr bis 20.42 Uhr*

„Nu, und dann biste wagemud'sch ins Haus gestürmt und hast das Feuer gelöscht?" Bewundernd schaute Hannerl zu dem jungen Mann, der nervös von einem Fuß auf den anderen trat. Die alte Frau kannte den langen Schlacks schon, als dieser noch ein kleiner Bengel war. Wie oft hatte sie ihn damals erwischt, wenn er mal wieder Äpfel in ihrem Garten geklaut hatte. Aber jetzt war aus ihm ein richtig anständiger Junge geworden – der Basti vom anderen Ende der Straße.

„Das ist doch meine Pflicht als Feuerwehrmann." Sebastian senkte verlegen den Kopf.

„Sei ni so bescheiden, mei Gutster!", erwiderte Hannerl energisch „In den letzten Wochen habt ihr tatsächlich viel geleistet. Fast jeden dritten Tag ein Brand in der Gegend. Ich frag mich wirklich, was in dem Nischel dieses Kerls vor sich geht. Der hat gar keene Vorstellung, was er da anrichtet." Hannerl spürte, wie ihr Blutdruck in die Höhe sauste. Dabei hatte ihr gestern extra die Frau Doktor nochmal gesagt, dass sie sich nicht immer so aufregen soll.

„Ich hoffe ja auch, dass wir bald den Feuerteufel schnappen." Sebastian legte beruhigend die Hand auf Oma Hannerls Schulter. Diese zwinkerte ihm verschwörerisch zu.

„Soll sch dir mal was verraten? Ich hab da so ein Verdacht", flüsterte sie und wies möglichst unauffällig auf das Haus ihres Nachbarn.

„Doch nicht etwa der Neue, der aus Leipzig? Ich kann mir das nicht vorstellen." Sebastian sah die alte Dame mit großen Augen an.

„Nu denk doch mol nach. Vor sechs Wochen ist der Herr Weber hier eingezogen und kurz danach ging es mit den Bränden los. Davor hat es bei uns in Limbach bestimmt zehn Jahre ni mehr gebrannt." Hannerls Augen blitzen voller fanatischer Überzeugung. Skeptisch schaute der junge Mann in Richtung des Hauses, dann zu Hannerl und wiederum zurück zum Haus. Zu guter Letzt kratzte er sich am Kopf und nickte ernst.

„Es könnte was dran sein. Also passen Sie bloß auf!"

Das musste man Hannerl nicht zweimal sagen. Immerhin war dies eine Art offizielle Ermächtigung ihren detektivischen Spürsinn nachzugeben.

Nachdem sie sich von dem jungen Mann verabschiedet hatte, schloss sie die Haustür auf, eilte in die Küche und lupfte die Gardine. Von hier aus hatte sie den besten Einblick auf das nachbarliche Grundstück.

Obwohl es schon dem Abend zuging, war Herr Weber nicht zu Hause. Bestimmt spähte er bereits einen neuen Tatort aus. Hannerl hatte im Fernsehen genug Krimis gesehen, um zu wissen: Hinter so manch freundlichem Gesicht verbargen sich wahre Abgründe. Ja, nett war dieser Herr Weber. Grüßte immer freundlich und brachte ihr auch mal den schweren Einkauf ins Haus. Aber so leicht führte man Hannerl Meyer nicht hinters Licht. Mal ehrlich: Wer zog schon freiwillig von Leipzig nach Limbach? Und dann war da noch diese feuerrote Punkerfrisur! Es sah allen Ernstes aus, wie der leibhaftige Feuerteufel!

Plötzlich vernahm sie ein Geräusch aus der Garage des Nachbarhauses. Schnell huschte sie zu der Kommode im Schlafzimmer. Im untersten Fach, bedeckt von einem Stapel handgestickten Tischdecken, lag Herberts Fernglas. Ihr Mann, Gott hab ihn selig, war ein leidenschaftlicher Jäger. Jedenfalls verbrachte er mehr Zeit auf dem Hochsitz, als dass er sich um sie und den Haushalt kümmerte. Nun gut man sollte nicht schlecht über Tote reden. Immerhin war Hannerl jetzt schon sieben Jahr Witwe.

Ächzend beugte sich Hannerl nach unten. Nach mehrmaligem Ruckeln bekam sie endlich die Schublade auf. Nachdem sie eine Weile in der Wäsche herumgewühlt hatte, fand sie, ordentlich verpackt, den Feldstecher. Mühsam richtete sie sich wieder auf, nahm das Gerät aus der Hülle und eilte zurück zu ihrem Aussichtsplatz.

In der Nachbargarage rumpelte es immer noch. Hannerl nahm den Feldstecher. Dann fixierte sie genau das offene Garagentor und stellt die Optik scharf. Ihr Herzschlag stockte. Gerade in dem Augenblick zerrte Herr Weber einen Benzinkanister heraus. Der Beweis lag offen vor ihr. Es gab keinen Zweifel: Der Feuerteufel schritt zur Tat!

Hannerl zögerte nicht einen Augenblick. Schnell schlüpfte sie in Mantel und Halbschuhe. Dann nahm sie die Verfolgung auf. Dabei verwendete sie ihr Wissen aus den Kriminalfilmen. Sie hielt immer mindestens fünfzig Schritt Abstand zu der observierten Person. Geschickt nutze sie den Schatten der Hauswände, damit sie Herr Weber nicht bemerkte. Drehte er sich um, was ein, zwei Mal geschah, duckte sie sich schnell hinter einem parkenden Auto.

Was war wohl das nächste Ziel des Feuerteufels? In Hannerls Kopf ratterten die Gedanken. War es vielleicht das Rathaus oder sogar die Kirche. Vor Schreck blieb Hannerl der Mund offen stehen. Würde ihr Nachbar zu einer solchen Sünde fähig sein. Aber einem rothaarigen Punker war alles zuzutrauen.

Inzwischen hatten sie bereits den Ortsausgang erreicht. Hannerl taten die Füße weh und außerdem war sie völlig außer Atem. Zum Glück mühte sich ihr Nachbar mit dem schweren Benzinkanister ab, so dass sie einigermaßen Schritt halten konnte.

Hannerl sah sich verwirrt um. Was wollte der Feuerteufel hier draußen? Außer einer abseits gelegenen Scheune gab es hier nichts. Plötzlich durchzuckte es sie. Natürlich! So eine Scheune ist doch im Nu ein Opfer der Flamme. Hannerl wusste jetzt genug. Es war Zeit Hilfe zu holen. Sie kramte ihr Handy hervor, welches sie in weiser Voraussicht mitgenommen hatte, und tippte mit zitternden Händen die Nummern 110 ein. Hannerl hielt das Telefon an ihr Ohr. Doch nichts passierte. Ein zweites Mal gab sie die Nummern ein. Wiederum blieb das Handy stumm. Verzweifelt sah sie auf das Display – kein Empfang!

„Ausgerechnet jetzt!" Hannerl schaute auf. Mein Gott, Herr Weber war verschwunden! Aber zum Glück kannte sie ja den Plan des Verbrechers. Bis zu der Scheune waren es nur wenige Meter.

Vorsichtig öffnete Hannerl das Scheunentor. Der Geruch von Benzin schlug ihr entgegen. Hannerl erblickte eine Gestalt, die den Treibstoff über den Boden verteilte. Sie nahm ihren ganzen Mut zusammen und atmete tief durch.

„Herr Weber geben sie auf! Sie sind überführt!", rief Hannerl mit überschlagender Stimme. In dem Moment drehte sich die Gestalt blitzschnell um. Hannerl erstarrte.

„Basti?"

„Es tut mir leid, Oma Hannerl. Aber erst durch die Brände wird unsere Arbeit endlich richtig gewürdigt!" Sebastian hielt eine große Schachtel Streichhölzer in der Hand. Er holt ein Zündholz heraus und legte die Schwefelkuppe an die Reibefläche.

„Nein!", schrie Hannerl. Zu spät. Ein Ritsch und die Flamme tänzelte auf der Kuppe. Dann warf Basti das brennendes Streichholz zu Boden. Das Feuer entzündete sich.

„Das kannst du nicht machen!" Hannerl stürzte sich auf den Jungen, den sie doch seit vielen Jahren in ihr Herz geschlossen hatte. Doch Basti schubste Hannerl brutal beiseite. Sie stürzte zu Boden und verlor das Bewusstsein.

Als Hannerl die Augen aufschlug, sah sie sogleich die knallroten Haare ihres Nachbarn.

„Geht es Ihnen gut, Frau Meyer?", fragte Herr Weber besorgt. „Sie hatten großes Glück. Ich war zufällig in der Nähe. Mein Wagen ist kurz vor Limbach liegengeblieben. Ich musste 'nen Kanister Benzin holen. Dann sah ich hier das Feuer und wählte den Notruf."

„Hat man den Basti erwischt?" Hannerl richtete sich von der Trage auf. Weber nickte.

„Das hätsch den Basti nie zugetraut. Was ist das für en merkwürdscher Feuerwehrmann, der selbst Feuer legt." Hannerl schüttelte den Kopf. Dann drückte sie dankbar die Hand ihres Nachbarn.

# Eiskalt abserviert

*Magdeburg*
*Freitag, 23. Februar von 20.03 Uhr*
*bis Samstag 24. Februar 04.26 Uhr*

Das noble Café mit Blick auf den angestrahlten Magdeburger Dom hatte Ansgar nach langem Überlegen ausgesucht. Die verschneiten Dächer der Altstadt und die ehrwürdige Kirche boten eine geradezu perfekte Kulisse für ein erstes Rendezvous. Er spähte hinüber zur Turmuhr. Es war bereits kurz nach 20 Uhr. Nervös rückte er seinen Schlips zurecht. Wo Mira nur blieb? Wenn sie nicht erschien, würde er bestimmt zwei bis drei Wochen brauchen, bis es ihm gelang, mit einem neuen Opfer ein perfektes „Téte-à-Tête" zu arrangieren.

Ansgar spürte ein leichtes Kribbeln in der Bauchgegend. Nein, er war nicht wegen des bevorstehenden Dates aufgeregt. Für Ansgar war dies inzwischen Routine. Vielmehr sorgte er sich darum, wie er die unbekannte Frau möglichst schnell um den Finger wickeln konnte. Bis jetzt kannte er nur ihr Bild aus dem Internet. Daraus ließen sich keine Rückschlüsse auf eine erfolgversprechende Strategie ziehen. War sie der schüchterne oder eher der draufgängerische Typ? Ansgar hatte keine Ahnung, was ihn erwartete.

Seitdem er professionell als Herzensbrecher reicher einsamer Damen unterwegs war, unterschied er, ob sie ihn nach dem ersten, zweiten oder dritten Treffen zu sich nach Hause einluden. Ein viertes Treffen war Verschwendung. Logischerweise bevorzugte Ansgar die „Erste-Abende-Frauen". Leider traf man auf diese äußerst selten.

In diesem Augenblick sprang die Tür des Cafés auf und eine große blonde Frau rauschte herein. Ansgar erkannte sofort die attraktive Vierzigerin. Die Ähnlichkeit mit dem Foto aus dem Dating-Portal im Internet war frappierend. Ansgar winkte ihr zu. Sie lächelte zurück und näherte sich mit wiegenden Hüften. Verdammt sie war ein Klasseweib!

„Mira?"

„Ansgar?" Ihr Lächeln hatte etwas Vielversprechendes. Spontan entschied sich Ansgar für die Rolle des charmanten Kavaliers. Er sprang auf, half Mira aus dem Pelzmantel und schob ihr den Stuhl zurecht.

„Nimm bitte Platz. Es ist doch okay, wenn wir uns duzen?"

Sie nickt und errötet dabei leicht. Auch dies registrierte Ansgar erfreut: Sie fand ihn also sympathisch! Die erste Hürde war übersprungen. Nun musste er nur so geschickt seine Register ziehen, um sie dazu zu bringen, dass sie eine „Erste-Abende-Frau" wird. Wenn dies gelang, folgte der weitaus schwierigere Teil. Schließlich musste er dort, in einer fremden Umgebung, den passenden Augenblick abwarten und ihr unauffällig die K.o.-Tropfen ins Glas träufeln. Wenn dann die Droge ihre Wirkung zeigte, hieß es schnell handeln: Alles Wertvolle eingesackt und zügig das Weite gesucht!

„Ich bin etwas nervös." Mira nestelte verlegen an ihrem Halstuch. „Keine Panik. Wir wollen doch heute nur herausfinden, ob die Chemie zwischen uns stimmt." Charmant strahlte Ansgar sie an. Dabei versank er fast in Miras tiefblauen Augen. Verdammt sie war genau sein Typ! Ansgar versuchte zwanghaft an einen Schneesturm, Eisberge oder sonst etwas Kaltes zu denken. Wenn es so weiter ging, konnte er nicht mehr dafür garantieren, Geschäftliches von Privatem zu trennen! Er atmete einmal tief durch.

Um die Sache endlich voranzutreiben, erzählte er Mira eine tränenreiche Geschichte von falscher Liebe, Scheidung und Einsamkeit. Endlich, nach Jahren des Schmerzes, sei er nun bereit für einen Neuanfang. Von all seinen Geschichten liebte Ansgar diese am meisten. Jedes Mal überkamen ihn Tränen der Rührung, wie hart doch das Schicksal mit ihm gespielt habe. Auch bei Mira verfehlte diese Geschichte augenscheinlich nicht ihre Wirkung. Sie umfasste Angars Hände und sah ihn lange stumm an.

„Es tut mir leid. Du hast viel durchgemacht." Ihre wunderschönen Augen waren verschleiert. Hatte Mira ebenfalls eine Träne vergossen? Er war überrascht, dass er heute so gut in Form war. Plötzlich beugte sich Mira ihm entgegen.

„Kommst du mit zu mir?", hauchte sie.

Ansgar verschluckte sich fast. Dass er so schnell zum Ziel kam, damit hatte er nicht mal in seinen kühnsten Träumen gerechnet. Mira verstand wohl sein Zögern miss. Jedenfalls schob sie hinter her, dass sie gleich um die Ecke, im Breiten Weg wohne.

„Ja, natürlich … im Breiten Weg … Klar, das ist eine wirklich gute Idee", stotterte er. Dann ließ er sich schnell die Rechnung geben.

Als Mira die Wohnungstür aufschloss, registrierte Ansgar sofort, dass es hier einiges zu holen gab: die antike Uhr, die Schmuckschatulle auf dem Schreibtisch …

Aber Ansgar war sich immer noch unsicher, ob er vielleicht doch lieber zunächst die Nacht mit dieser Klassefrau genießen sollte? Am nächsten Morgen ergab sich bestimmt beim

Frühstück die Gelegenheit ihr die Essenz mit der betäubenden Wirkung in den Kaffee zu träufeln. Was war aber, wenn sie ihn nach der Liebesnacht sofort vor die Tür setzte. Dann war der ganze Aufwand umsonst. Mit großem Bedauern entschloss sich Ansgar auf die Stimme der Vernunft zu hören, obwohl sein „kleiner Freund" spürbar dagegen protestierte.

„Ich hole uns eine Flasche Sekt aus dem Kühlschrank", flötete Mira.

„Brauchst du Hilfe?"

„Nein, ich komme allein klar."

Schade. Vielleicht hätte sich in der Küche die Chance ergeben, ihr das Tonikum ins Glas zu schütten.

Mira kam mit zwei gefüllten Sektgläsern zurück.

„Auf uns und unsere Zukunft."

Während Ansgar sein Glas in einem Zug leer trank, schweiften seine Gedanken ab. Die K.o.-Tropfen mussten unbedingt in den nächsten zehn Minuten in ihr Glas, sonst hat er Miras Verführungskünsten nichts mehr entgegenzusetzen.

„Ich habe noch etwas Hunger ..."

„Den großen Hunger stille ich dir später" gurrte Mira. „Für den kleinen zaubere ich schnell noch ein paar Snacks." Mira stellte ihr Glas auf dem Couchtisch ab und entschwebte in Richtung Küche.

Schnell griff Ansgar in die Tasche seines Jacketts und taste nach dem Fläschchen. Doch mit einem Mal schien sich der gesamte Raum zu drehen. Er versuchte sich an einem Stuhl festzuhalten. Vergebens! Ansgar stürzte zu Boden. Alles war dunkel …

Ansgar schlug die Augen auf. Was war mit ihm geschehen? Er konnte sich an nichts mehr erinnern. Da war doch diese bildschöne, verführerische Frau. Er war doch gerade dabei die K.o.-Tropfen ins Glas und dann …

Ansgar sah an sich herab. Mit Ausnahme der Unterhose war er nackt.

„Die Nappsülze ist aufgewacht!"

Ansgar wandte sich in Richtung der Stimme. Fünf Frauen hatten sich drohend vor ihm aufgebaut. Er kannte sie alle: Mira, Judith, Franzi, Ruth und Sarah. Sie alle hatte er über das Internet kontaktiert und sie dann ausgeraubt.

Mira hielt ihm ein Fläschchen mit K.o.-Tropfen spöttisch vor die Nase.

„Was du kannst, können wir schon lange."

„Ihr kennt Euch?", stotterte Ansgar. Er hatte immer noch nicht realisiert, was hier in dem Moment passierte.

„Erst seit kurzem!" Judith spie ihm vor die Füße.

„Und ihr habt euch zusammengetan?"

„Wir lassen uns nicht gerne verarschen. Deshalb haben wir dir eine Falle gestellt."

Die fünf Frauen lachten. Plötzlich zog Mira eine Pistole hervor.

„Du wirst doch nicht … Es tut mir leid." Ansgar starrte sie mit aufgerissenen Augen an. Der Schweiß lief ihm den Rücken herunter.

„Schnauze! Du verschwindest jetzt augenblicklich."

Erleichtert sah er sich nach seiner Kleidung um.

„Ja natürlich … Sofort. Ich brauche nur meine Klamotten." Er tastete nach seiner Hose, die nur wenige Meter von ihm entfernt lag.

„Nix gibt's!" Mira richtet die Pistole direkt auf ihn. Ansgar sah sie fassungslos an.

„Es sind fast zehn Grad Minus."

„Das ist dein Problem. Strafe muss sein! Also, hau ab. Sonst …"

Mira drückte den Sicherungshebel herunter. Schnell rappelte Ansgar sich auf, stürzte zur Tür und rannte raus auf den „Breiten Weg". Eiseskälte schlug ihm entgegen. Passanten glotzten ihn neugierig an. Bloß weg von hier! Ansgar hüpfte über den Schnee, der wie Feuer an seinen Fußsohlen brannte. Hinter sich hört er das Gelächter der fünf Frauen.

„Glaub bloß nicht, dass Du so billig davonkommst. Die Polizei wird gleich hier sein."

In dem Moment sauste ein Polizeiwagen um die Ecke.

# Ein alter Fuchs

*Berlin-Charlottenburg*
*Donnerstag 3. Oktober von 16.32 Uhr bis 23.12. Uhr*

„Und jetzt der Tresorraum." Marc hämmerte eine komplexe Reihe von Buchstaben und Zahlen in die Tastatur seines nagelneuen Laptops. Wie von Zauberhand entwickelte sich aus verschiedenfarbigen Linien das Abbild eines dreidimensionalen Raums auf dem Bildschirm. Benno und Paul beugten sich über Marc Schulter und starrten fasziniert auf den Computer.

„Da ... da ... erkennt man ganz deutlich den Tresor!" Paul fiel vor Erstaunen die Kinnlade herunter.

„Seht einmal hierher ..." Marc wies auf zwei blinkende Punkte. „Ein computergesteuertes System überwacht den gesamten Tresorraum. Zugangstür und Tresor sind mit einem elektronischen Code versehen."

Während die drei Männer sich immer enger um den Computer scharrten, saß Kurt gelangweilt auf dem Sofa und starrte an die Decke. Eine fette Fliege bemühte sich vergeblich von den klebrigen Fäden eines Spinnennetzes zu befreien. Ihr verzweifeltes Summen erfüllte den Raum. Sie hatte keine Chance. Kurt gab ihr noch zehn Minuten. Dann war ihr Widerstandswille erloschen und die Spinne konnte sich problemlos über ihr Opfer hermachen.

So ein Spinnennetz war schon eine geniale Konstruktion - ein ganz einfaches Prinzip und doch wirkungsvoll. Eine Spinne braucht keinen technischen Schnickschnack um ihr Ziel zu erreichen.

„Seid ihr endlich mit eurem Computerkram fertig?", knurrte Kurt hörbar ungeduldig. Keiner der drei Männer hielt es für nötig auch nur eine Sekunde auf ihn zu reagieren. Langsam begann es in seinem Inneren heftig zu brodeln. Wäre Marc nicht der Sohn seiner Schwester, hätte er ihm schon längst einen Tritt in der Allerwertesten verpasst.

Wie dieser sich eitel vor dem Computer spreizt. Mit seinem modischen Kapuzenpulli, der kleinen dunklen Sonnenbrille und dem gepflegten Vollbart, glaubt er schon, er sei ein moderner Al Capone. Was sich dieser Jungspund einbildet. Tresorknacken ist ein ehrbares Handwerk. Da braucht man keinen neumodischen Hokuspokus.

Wütend spuckte Kurt aus. Anscheinend stand er mit seiner Meinung alleine da. Seine alten Kumpels Benno und Paul waren jedenfalls tief beeindruckt.

„Und mit dem Laptop kannste alle Sperren

überwinden?" Benno hing geradezu an den Lippen des Computergenies. Dieser lehnte sich lässig auf seinem Stuhl zurück und tippte eine unsichtbare Kombination mit den Fingern in die Luft.

„Ich hacke mich vor Ort in das System ein und dann braucht ihr bloß noch die Kohle einsacken." Über Marcs Gesicht strahlte ein selbstgefälliges Lächeln.

„Wahnsinn. Du hast es drauf."

Marc genoss die Bewunderung. Leider erhielt das Gefühl des Triumphs einen gehörigen Dämpfer, als der Blick auf seinen Onkel fiel.

Kurt hatte sich inzwischen wieder im Griff. Betont gelangweilt schaute er der Spinne beim Killen der armen Fliege zu. Er wusste, wie dieses zur Schau getragene Desinteresse seinen Neffen wurmte. Niemals würde er ihm den Gefallen tun, in die allgemeine Bewunderung einzustimmen.

„Was meinste, Onkel Kurt?"

„Totaler Schwachsinn. Ick verlass mir auf meenen Schneidbrenner."

Marc wurde im ersten Moment leichenblass, dann schlug die Farbe seines Gesichtes in Knallrot um. Er ballte die Fäuste, sprang auf und wollte schon dem Alten die Meinung geigen. Doch Benno hielt ihn zurück. Mit einer abfälligen Handbewegung gab er Marc zu verstehen, was er von Kurts geistigem Zustand hielt. Inzwischen war Paul zu seinem alten Kumpel herübergeschlendert und legte die Hand auf dessen Schulter.

„Hör mal Kurt, du weißt wie sehr ich dich seit unserem ersten Bruch schätze. Aber du hast zehn Jahre in Tegel jesessen. Die Welt hat sich verändert. Heute läuft nüscht mehr ohne Computer. "

„Computer, immer nur Computer!" Unwirsch befreite sich der Alte von der Umklammerung. „Ja ick hab zehn Jahre jesessen, während ihr es euch habt gut gehen lassen. Nun wollt ick noch einmal ein letztes großes Ding drehen. Ick dachte, ick könnte auf euch zählen. Dit seid ihr mir eijentlich schuldig."

„Kannste ja och. Und dit mit der Staatsbank ist ja och ne jute Sache. Aber …"

„Aber wat?"

„Man muss mit der Zeit gehen. Verstehst?"

Voller Verachtung stierte Kurt in Richtung seines Neffen.

„Aber nicht mit dem und seinem Computerzeug. Dit kann nur schiefgehen."

Für einen Augenblick herrschte eine angespannte Stille. Dann räusperte sich Benno.

„Es tut mir leid Kurt. Marc ist die Zukunft und die Vergangenheit bist du!"

Demonstrativ stellte sich Benno an die Seite

von Kurts Neffen. Paul zögerte einen Augenblick, dann rang er sich ein entschuldigendes Lächeln ab und stellte sich ebenfalls an Marcs Seite. Fassungslos starrte Kurt seine beiden Freunde an. Er schluckte einen Moment, dann verließ er türenknallend den Raum.

Den Transporter parkten sie direkt vorm Schillertheater. Von hier aus waren es nur wenige Schritte bis zur Staatsbank. Die drei Männer streiften sich die Skimasken über den Kopf und verließen eiligst den Wagen.

„Vorsicht!"

Marc schnappte Benno und Paul am Ärmel und zerrte sie an die Hauswand. Wortlos wies er auf die Überwachungskameras. Schnell kniete er nieder, klappte den Laptop auf und begann eine Zahlenfolge einzutippen. Nach wenigen Sekunden schwenkten die Kameras in eine andere Richtung. Nach weiteren zehn Sekunden sprang die Eingangstür automatisch auf. Erleichtert klatschten sich die drei Männer ab, ehe sie in das Innere des Gebäudes huschten.

„Bleibt dicht hinter mir. Eine falsche Bewegung und das Warnsystem wird aktiviert."

Wieder klappte Marc den Laptop auf. Seine Finger flogen über die Tastatur. Plötzlich hielt er inne. Noch einmal gab Marc die Zahlenreihe ein. Wütend rüttelte er an dem Stick, der seitlich aus dem Computer ragte.

„Stimmt wat nich?"

Schweiß bildete sich auf Marcs Stirn. Er drosch zum dritten Mal die Zahlenkolonne in die Tastatur.

„Keine Internetverbindung. So komme ich nicht ins Sicherheitssystem. Wahrscheinlich sind die Wände zu dick."

„Verdammter Mist!"

Paul trat wütend gegen die Tür des Tresorraums. Diese schlug langsam nach innen auf. Entgeistert schauten sich die drei Männer an.

„Die Tür war nicht verriegelt."

In der Stahlwand des Tresors klaffte ein großes Loch. Paul rannte zu dem stählernen Koloss, fasste in die Öffnung und holte einen Zettel raus.

„Die altmodische Methode ist doch besser! K."

„Der alte Fuchs!", murmelte Paul.

Fast gleichzeitig ging die Alarmanlage an und die Tresorraumtür schloss sich automatisch. Jetzt würden sie wohl die nächsten Jahre im Knast verbringen.

# Echt dumm gelaufen

*Saale-Holzlandkreis*
*Samstag, 23. Mai von 12.14 Uhr bis 12.58 Uhr*

„Hier muss es irgendwo sein." Manni starrte durch die verdreckte Scheibe des Viehtransportes. Schon vor einer Stunde waren sie in Eisenberg von der A9 heruntergefahren und zuckelten immer noch durch die ostthüringische Pampa. Verzweifelte drehte er die Landkarte auf seinem Schoß hin und her, schaute von rechts, schaute von links, von oben und von unten …

Kein Mensch kam mit diesem altmodischen Zeug klar! „Verdammt Otto, warum haste nicht ein Transporter mit Navi geklaut?"

„Ich hab den genommen, der sich am schnellsten knacken ließ.", knurrte dieser missmutig.

„Und das musste ausgerechnet ein alter W50 sein? Die gibt's doch nur noch im Museum."

„Na Hauptsache das Ding fährt."

Dem dicken Otto brachte wahrlich nichts aus der Ruhe und sein Neffe Ben war auch keinen Schlag besser. Dieser schnarchte jetzt schon eine geschlagene dreiviertel Stunde. Möglicherweise träumte er vom Wiederaufstieg seiner Lieblingsmannschaft „Rot-Weiß-Erfurt".

„Die Zeit läuft uns davon." Manni schielte zu seiner Armbanduhr. „Um 14 Uhr müssen wir mit der Ware am Hermsdorfer Kreuz sein. Popow flippt aus, wenn wir das Ding gegen Boom fahren."

„Du immer mit deinem Popow. Der kann mich mal! Was kann ich dafür, wenn hier überall alles gleich aussieht und du keine Karten lesen kannst." Der Dicke wischte sich den Schweiß von der Stirn. „Außerdem ist es doch 'ne totale Schnapsidee einen Ochsen zu klauen."

„Nicht Ochsen, sondern Bullen. Für 'nen Ochsen bekämen wir keine müde Mark."

„Ochse, Bulle ist doch eh alles gleich. Rindviesch bleibt Rindviesch."

„Sag bloß, du kennst den Unterschied nicht?" Manni sah mitleidig zu ihm herüber.

„Ne, gibt's da einen?"

„Man merkt gleich, dass du nicht vom Dorfe kommst." Obwohl er wusste, wie Otto seine klugscheißerischen Belehrungen hasste, konnte er sich diese nicht verkneifen. „Nu pass mal uff, ich klär dich mal auf. Dem Ochsen, den haben sie die Eier …" Manni hielt bedrohlich seinen rechten Zeigefinger und Mittelfinger in die Luft. „Schnipp, schnapp! Du verstehst?"

„Autsch!" Unwillkürlich musste Otto schlucken. „Stimmt das wirklich?"

„Nu globste, ich erzähl die irgendwelche Märchen. Das ist auch der Grund, warum Popow keinen Ochsen haben will. Ein Ochse ist nutzlos, aber für so einen Zuchtbullen blättert er uns hundert Riesen hin."

„Und wie kriegen wir raus, ob es ein Bulle ist?"

„Na da musste wohl nachglotzen." Manni grinste breit. In dem Moment trat Otto ohne Vorwarnung auf die Bremse. Manni knallte mit voller Wucht gegen die Vorderscheibe und auch Bens Oberkörper sauste nach vorne und wurde gerade noch dank des Sicherheitsgurtes abgebremst.

„Biste jetzt völlig irre?", schrie Manni seinen Kumpel an.

„Hier ist die Einfahrt zu dem Hof." Otto zeigte auf einen von ein paar Bäumen verdeckten Feldweg. „Dreimal bin ich hier schon vorbeigefahren."

„Aber deswegen musste mich doch nicht gleich umbringen", knurrte Manni, während Otto den unbeweglichen Viehtransporter in den schmalen Feldweg hineinlenkte.

„Ich find's gut, dass wir endlich da sind. In drei Stunden ist Anpfiff in Erfurt. Da muss ich im Stadion sein", erklang völlig unvermittelt eine pipsige Stimme neben ihn. Ben war endlich wach. Manni warf den schmalbrüstigen

Jungen in seinem knallroten Vereins-T-Shirt einen missbilligen Blick zu. Ben schien dies nicht zu beeindrucken. Versonnen strich er über das Trikot und faselte dabei irgendetwas über das alles entscheidende Spiel. Manni verkniff sich eine bissige Bemerkung. Er hatte nicht einmal einen Schimmer, in welcher Liga Bennies Lieblingsverein spielte. Er wusste nur eins, wie sehr er es inzwischen bereute, dass er ausgerechnet diese beiden Pappnasen für den Auftrag auserwählt hatte. Wenn etwas schieflief, kannte Popow kein Pardon und dann gnade ihnen allen Gott.

„Da ist der Hof und dort sind die Rindviescher." Otto zeigte geradeaus über die Felder. Tatsächlich graste auf einer Weide friedlich eine Herde. Der schwergewichtige Mann hielt den Transporter an. Ohne auf die anderen zu warten, sprang Manni aus dem Wagen und zog unter dem Sitz ein langes Seil hervor. Er kniff die Augen zusammen. Rund siebenhundert Meter von ihnen entfernt lag ein Gehöft. Alles war ruhig. Wahrscheinlich aß die Bauernfamilie Mittag und sie ahnten nicht im Geringsten, dass ihnen gerade ihr wichtigstes Kapital unter dem Hintern weggezogen wird. Ein Grinsen huschte über seine Lippen. Doch dann analysierte er noch einmal nüchtern die Gefahrenlage: Falls die Bauernfamilie sie doch bemerken sollte, benötigten sie rund zehn Minuten, bis sie hier waren. In der Zeit hatte Manni mit seiner Crew problemlos den Bullen verfrachtet und sie waren längst über alle Berge. Es bestand keinerlei Gefahr. Zufrieden drehte er sich zu seinen beiden Mitstreitern um. Otto und Ben hatten inzwischen die Laderampe des W50 heruntergelassen und standen etwas unschlüssig herum.

„Was ist? Kommt endlich her." Manni winkte ihnen ungeduldig zu. Langsam setzten sich die beiden in Bewegung.

„Was machen wir nun, Boss?" Ben lies eine Kaugummiblase platzen und schaute Manni gelangweilt an.

Ich würde den Typ am Liebsten ...

Manni biss sich auf seine Lippen, damit er nicht ausflippte. Stattdessen atmete er einmal tief durch und wies in Richtung der Herde.

„Hört mir genau zu. Das Wichtigste ist, dass die Tiere nicht nervös werden. Ihr folgt mir also mit geringem Abstand. Keinen Mucks will ich von euch hören."

Vorsichtig schob Manni das Gatter auf. Er betrat zuerst die Weide, direkt hinter ihm folgte Otto und den Abschluss bildete Ben. Bis jetzt nahmen die Tiere keinerlei Notiz von ihnen. Schritt für Schritt, im Gänsemarsch näherten sich die Drei der Herde.

„So ein Mist! Die kannsch ja gleich in Müll

werfen."

Wütend drehte sich Manni um. Otto stand mit einem Bein mitten in einem Kuhfladen und betrachte voller Verzweiflung seine neuen Wildwestledersstiefel.

„Was koofst dir auch so teure Dinger und vor allen, warum ziehst du die ausgerechnet heute an." Ben konnte sein Grinsen kaum verbergen.

„Ich dachte, die passen zu dem Job."

„Seid ihr blöde! Kein Mucks, hab'sch gesagt!" Manni zischte, so laut er konnte. Dabei bekam er vor Anstrengung einen hochroten Kopf. Jedoch wenn er sie jetzt anbrüllte, wäre die ganze Aktion in Gefahr.

Tatsächlich war die Herde inzwischen unruhig. Je näher er kam, desto gewaltiger erschienen ihm diese Tiere. Ein Stier senkte mit einem Mal seinen Kopf und starrte in ihre Richtung. Dies musste der berühmte Zuchtbulle sein, auf den es Popow abgesehen hatte. Der Stier senkte langsam den Kopf. Die Nüstern weiteten sich und ein dumpfes Grollen drang zu Manni herüber. Irgendetwas störte das Tier. Manni spürte den Schweiß den Rücken herunterlaufen. Ein blitzartiger Gedanke schoss durch seinen Kopf. Verdammte Scheiße! Manni drehte sich zu Ben um und starrte auf das knallrote T-Shirt mit dem Schriftzug des Thüringer Kultvereins.

„Zieh das Trikot aus!" Mannis Stimme überschlug sich vor Panik. Hinter sich hörte er ein wütendes Schnauben. Hufe scharrten auf dem Boden.

„Wieso denn? Ein echter Rot-Weiß-Fan zieht nicht einmal im Angesicht des Todes sein Trikot aus!"

Manni kam nicht mehr zu weitergehenden Erklärungen. Der Stier raste im vollen Galopp ihnen entgegen. Wenige Sekunden später folgte ihm die Herde. Es gab nur eins – Flucht! Die Erde bebte. Sie kamen näher und näher. Manni spürte bereits den Atem des Bullen in seinem Nacken. Sie rannten los.

Fast gleichzeitig erreichten Manni und Ben den Laster. Gemeinsam zogen sie den dicken Otto in die Fahrerkabine. Dann schlugen sie die Tür zu. Der Leitstier rammte mit voller Kraft den W50. Der Rest der Herde umkreiste den Wagen. Die drei Diebe saßen in der Falle.

Es dauerte fast eine halbe Stunde, ehe ein Polizeiwagen sich dem Gehöft näherte. Jetzt befreien uns die „Bullen" von dem Bullen, dachte Manni bitter.

# Verflixter Morgen

*Günthersdorf bei Leipzig*
*Mittwoch, 25. Juli von 8.07 Uhr bis 12.32 Uhr*

Acht Uhr und sieben Minuten. Bernd starrte fassungslos auf die digitale Anzeige seines Weckers. Verfluchte Scheiße. Warum hatte das blöde Teil nicht gebimmelt? War er gestern Abend wieder zu betrunken und hatte vergessen das Ding zu stellen? Mit Schwung hievte er sich aus dem Bett. Ein schmerzhafter Stich bohrte sich in sein Gehirn. Er musste dies ignorieren. In fünfzig Minuten begann seine Schicht im Einkaufscenter. Selbst wenn die Straßen frei waren, war dies kaum zu schaffen. Aber er durfte nicht zu spät kommen. Steudner, sein neuer Chef, hatte ihn schon längst auf dem Kieker. Ständig sprach er von Umstrukturierung und Rationalisierungsmaßnahmen. Was dies bedeutete, wusste jeder: Die Hälfte der Hausdetektei wurde über kurz oder lang vor die Tür gesetzt.

Früher war Bernd der erfolgreichste Detektiv des Centers. Immer die höchste Quote. Das hat sich auch finanziell ausgezahlt. Jedoch seitdem Franka ihn vor die Tür gesetzt hatte, lief alles aus dem Ruder.

Bernd schlüpfte in die Hose. Irgendwie verhedderte er sich in dem rechten Hosenbein, verlor das Gleichgewicht und konnte sich gerade noch an der Tischkante abstützen. Jetzt schnell das T-Shirt drüber gezogen und mit dem Deo eingesprüht ...

Acht Uhr vierzehn. Unbarmherzig zog der Sekundenzeiger seine Kreise. Für das Frühstück war keine Zeit mehr, aber vielleicht fand sich im Kühlschrank etwas für „on the way".

Bernd riss die Kühlschranktür auf. Ein offenes Tetrapack Milch flog ihm entgegen. Innerhalb einer Sekunde bildete sich ein großer weißer See auf dem Linoleumboden. Bernd hatte keine Zeit die Sauerei aufzuwischen. Aber wenn er heute Abend nach Hause kam, würde die Bude furchtbar stinken. Ansonsten war der Kühlschrank leer. Er hätte es wissen müssen. Bernd knallte die Kühlschranktür wieder zu, rannte in den Flur und schlüpfte in die Sneaker.

Acht Uhr einundzwanzig. Die Treppe hinunter, rauf auf die Straße. Die schwüle Luft raubte ihm den Atem. Wenn es jetzt schon so heiß war, wie sollte man dann den Tag überstehen.

Acht Uhr vierundzwanzig. Nach drei vergeblichen Versuchen sprang der Wagen endlich an. Kein Wunder, immerhin hatte die Karre schon fünfzehn Jahre auf dem Buckel. Aber Bernd konnte sich nichts Neues leisten.

Acht Uhr zweiunddreißig. Einigermaßen zügig kam er durch die Leipziger Innenstadt. Inzwischen war sein Hemd völlig nassgeschwitzt. In Gedanken sah er schon Steudners feist grinsende Visage, falls er sich nur eine Minute verspätete. Bernd trat aufs Gaspedal.

Acht Uhr achtunddreißig. Rauf auf die 87, vorbei am Friedhof, dann auf die 181. Rückmarsdorf. Musste ausgerechnet jetzt ein Trecker vor ihm herzuckeln.

Acht Uhr siebenundvierzig. Dölzig. Vielleicht war es noch zu schaffen. Bernd sah schon die Autobahnauffahrt und direkt dahinter lag das Gewerbegebiet mit dem Einkaufscenter.

Acht Uhr sechsundfünfzig. Bernd bogen auf den Angestelltenparkplatz, hielt den Wagen, sprang heraus und eilte in den Hintereingang. Er nahm drei Stufen mit einmal, riss die Tür zu den Büroräumen des Wachdienstes auf und starrte in Steudners feixende Fresse.

„Na Vogel, drei Minuten zu spät."

Bernd starrte auf die Armbanduhr. Es war genau neun Uhr und zwei Minuten. Aber er wollte sich nicht mit seinem Chef streiten.

Dieser kam langsam auf ihn zu.

„Vogel, wir hatten doch vor Tagen ein ernsthaftes Gespräch. Ich erwarte von Ihnen mehr Einsatz und Disziplin." Steudner puhlte mit einem Streichholz in den Zähnen herum. Seine Aussprache war deswegen leicht vernuschelt. „Bloß weil Sie hier schon ewig angestellt sind, genießen Sie bei mir keine Narrenfreiheit." Steudner schnipste das Streichholz in Richtung Papierkorb. Erwartungsgemäß verfehlte er sein Ziel. „Überzeugen Sie mich von Ihrer Qualität, sonst waren Sie die längste Zeit bei uns der Sherlock Holmes des Centers. Haben Sie mich verstanden?"

„Selbstverständlich", presste Bernd mühsam hervor.

Nicht mal zehn Minuten später stand Bernd inmitten der Regale der Damenmodeabteilung. Erwiesenermaßen gab es hier die meisten Diebstähle. Mit einem leichten Sommeranzug, einer Sonnenbrille und einer großen Einkaufstasche war Bernd gut getarnt. Schließlich sollten die potentiellen Täter nicht gleich den Detektiv erkennen.

Ein paar schmuckbehangene Mittsechzigerinnen musterten eingängig die neuste Kollektion eines Luxuslabels. Seine lange Diensterfahrung sagte Bernd, dass diese nicht als potentielle Täterinnen in Frage kamen. Sicher, unter hundert Kunden dieser Alterskategorie war stets eine Kleptomanin dabei. Doch dies konnte man vernachlässigen. Schließlich brauchte Bernd heute dringend eine gute Quote.

Sein Blick glitt an den Regalreihen entlang. Da - eine junge Frau, vielleicht Anfang Zwanzig, blondgefärbtes Haar, zahlreiche Piercings. Niemals war sie in der Lage nur eines dieser Kleider zu bezahlen. Besonders auffällig war ihre viel zu große Jacke. Wer bei diesen hochsommerlichen Temperaturen eine Jacke über sein Sommerkleid zog, hatte nur eine Absicht ...

Die junge Frau schaute sich nach allen Seiten um und nahm ein Cocktailkleid vom Bügel. Dann zog sie langsam den Reißverschluss ihrer Jacke auf. In dem Moment schob sich eine korpulente Mittzwanzigerin vor Bernds Blickfeld.

Warum musste die Dicke ausgerechnet jetzt in sein Sichtfeld laufen.

Eilig wechselte Bernd die Position. Aber die junge Frau war verschwunden. Da waren nur die schmuckbehangenen Damen, die sich über die Größe ihres Dekolletés stritten. Zum Glück blitzte drei Meter neben ihnen der Blondschopf des Mädchens hinter einer Regalwand auf. Fast trafen sich ihre Blicke. Blitzschnell tauchte Bernd ab. In geduckter Haltung schlich er Schritt für Schritt in ihre Richtung. Hinter einer Regalwand fand er Deckung. Blondie hatte ein weiteres Kleid von einem Bügel genommen. Jetzt musste er den Augenblick abpassen, wenn das Mädchen das Kleid unter ihrer Jacke verschwinden ließ. Dann könnte er zuschlagen und bereits in der ersten Stunde den feixenden Steudner eine Diebin präsentieren.

Bernd trat einen Schritt zur Seite, um besser sehen zu können.

„Könnense nich aufpassen!"

Bernd drehte sich um und stieß mit der Dicken zusammen. Verdattert sah er sie an. Sie hatte ein wirklich hübsches Gesicht und erinnerte ihn ein wenig an Franka. Bernd spürte einen kleinen Stich in der Herzgegend.

„Unterwäschefetischist?" Sie lächelte Bernd anzüglich an. Fast unmerkbar ließ sie die Spitze ihrer Zunge über ihre Lippen gleiten. Dann sah sie in Richtung seiner rechten Hand. Erst jetzt bemerkte er, dass sich seine Finger in ein paar zarte Dessous verkrallt hatten. Bernd wurde knallrot und murmelte etwas Unverständliches. Dann ließ er die Dicke stehen und huschte in eine andere Regalreihe.

Zwanzig Meter weiter tauchte der Blondschopf bei den Ballkleidern auf. Hatte Blondie eines der Kleider schon unter ihrer großen Jacke versteckt? Bernd musste jetzt handeln!

Erst im letzten Moment bemerkte die blonde Frau den auf sie zustürmenden Kaufhausdetektiv. Sie versuchte auszuweichen, doch Bernd gelang es sie am Arm zu packen.

„Sind Sie wahnsinnig?"

„Nö, aber ich verpass dir 'ne Anzeige wegen Ladendiebstahl." Ohne viel Federlesen riss Bernd die Jacke der Frau auf. Doch statt geklauter Kleidungsstücke entdeckte er eine große Brandnarbe, die sich über die Arme und den Schultern der jungen Frau ausbreitete.

„Idiot!" Schnell zog sie ihre Jacke wieder drüber.

„Tschuldigung ..." stammelte Bernd. Wütend stampfte die junge Frau davon.

„Hilfe! Herr Vogel! Komme Sie schnell. Man hat uns beklaut!" Wild gestikulierend kam Bernd eine Verkäuferin entgegen. „Die Diebin ... 'ne dicke hübsche Frau. Sie ist uns entwischt."

Bernd rannte aus dem Kaufhaus. Auf der gegenüberliegenden Straßenseite stieg eine Frau in ihr Auto. Sie drehte sich kurz um und lächelte ihm zu. Sofort erkannte Bernd das hübsche Gesicht. Nur hatte sie auf geheimnisvolle Weise ihre „überflüssigen Pfunde" verloren.

Die „Dicke" startete ihren Wagen und fuhr in Richtung Autobahn davon.

Bernd wischte sich den Schweiß von der Stirn. Diese Ähnlichkeit mit Franka hätte ihn stutzig machen müssen. Er wusste doch genau, dass er diesem Frauentyp nicht trauen durfte.

Schlecht gelaunt drehte sich Bernd um und steuerte den Eingang des Einkaufscenters entgegen. Steudner erwartete ihn bereits.

„Vogel, es liegt eine Beschwerde einer Kundin wegen Belästigung vor."

Bernd erkannte sofort den Blondschopf, der hinter Steudners Rücken hervorlugte.

Es war wirklich heute nicht sein Tag.

# Der Schatz des alten Grafen

*Kummerower See bei Malchin*
*Freitag, 23. April zwischen 7.26 Uhr bis 9.34 Uhr*

Still, wie verloren, lag das Häuschen am Kummerower See in der Morgendämmerung. Langsam stieg die Sonne über die Wipfel der Bäume. Nebelschwaden glitten über die Wasseroberfläche. Mit einem Schrei erhob sich ein Reiher aus dem Schilf und zog seine Kreise. Plötzlich fuhr er im Sturzflug herab, tauchte ins Wasser und wenige Augenblicke später zappelte ein Fisch in dem Schnabel.

Markus, der zusammen mit seinem Kumpel Tim nur wenige Meter vom Haus entfernt am Ufer stand, hatte keinen Sinn für die Schönheiten der Natur an diesem herrlichen Frühlingsmorgen. Vielmehr versuchte er vergeblich sich eine Zigarette anzuzünden. Immer wieder blies der Wind die Flamme aus. Währenddessen trat Tim frierend von einem Fuß auf den anderen. Der Kerl konnte einen mit seinem Gehampel total nervös machen.

„Du bist sicher, da draußen liegt der Schatz des alten Grafen?" Tim kniff die Augen zusammen und schielte über den See. Markus drehte bereits zum zwölften Mal am Rädchen des Feuerzeugs. Eine Flamme stieg auf, die im nächsten Moment von einer leichten Brise wiederum ausgepustet wurde. Wütend schleuderte er das Billigfeuerzeug ins Gebüsch und schob missmutig die Kippe zurück in die Verpackung.

„Dann eben nicht!" Genervt drehte er sich zu seinem Kumpel um. „Was haste gesagt?"

„Nun …" Tim trat sicherheitshalber einen Schritt zurück. Er kannte Markus gut genug und fürchtete dessen Wutausbrüche, wenn dieser nicht seine viertelstündige Dosis Nikotin bekam. „Ich wollte nur wissen, ob da draußen tatsächlich der Schatz des Grafen liegt."

„Bist du bescheuert? Meinste ich fahr in dieser Herrgottsfrühe raus in die Pampa, bloß weil es so schön ist, sich hier den Arsch abzufrieren?"

„Natürlich nicht." Tim hob beschwichtigend die Hände. „Aber ich verstehe nicht, warum dieser komische Graf sein Vermögen hier versenkt hat."

„Du hast von nüscht 'ne Ahnung. Mai 45 musste der Graf Hals-über-Kopf vor den Russen fliehen. Die hätten ihn sonst am nächsten Baum aufgeknüpft. So war das damals. Und in seiner Panik hat er eiligst sein Gold, Juwelen und den anderen Klunker in einer Kiste im See versenkt. Er wollte sich später alles zurückholen. Hier steht es schwarz auf weiß." Markus zog aus seiner Jackentasche die Zeitung mit den großen Buchstaben heraus. Auf der Titelseite blickte ihnen ein alter Mann entgegen. Darunter stand die Schlagzeile:

*Der Sohn des Kammerdieners schweigt! Nur dieser Mann kennt das Geheimnis des sagenumwobenen Schatzes des letzten Grafen von Kummerow.*

Tim riss Markus das Blatt aus der Hand.

„Und jetzt werden wir ihn zum Reden bringen!" Sein Gesicht verzog sich zu einem breiten Grinsen.

„Du bist doch heller im Koppe, als ich dachte." Markus schob den Blazer beiseite, so dass das Holster mit seiner Waffe sichtbar wurde. Die beiden Männer lachten.

„Es war nicht ganz einfach rauszubekommen, wo der Alte lebt. Aber ich hab' so meine Beziehung. Selbst in die Redaktion dieser Zeitung." Er tippt auf das Titelblatt und lächelte verschmitzt. „Es ist schon verrückt, dass der Alte direkt am See wohnt. Er glaubt wohl, er sei auf ewig der Hüter des Schatzes." Markus steckte die Zeitung wieder ein. Dann knuffte er seinen Kumpel in die Seite. Seine Laune hatte sich merklich gebessert.

„Los, wir reden mit dem Alten Klartext!"

Schnurstracks gingen sie auf das kleine Haus zu. Markus ballte die Faust und hämmerte gegen die Tür. Nach einer Weile öffnete sich diese einen Spaltbreit und ein älterer Mann lugte hervor. Die Ähnlichkeit mit dem Bild aus der Zeitung war unverkennbar.

„Ja, bitte?" Der Klang seiner Stimme erinnerte an einen krächzenden Vogel.

„Wo ist der Schatz?" Ohne eine Antwort abzuwarten, trat Markus mit einem heftigen Fußtritt die Tür auf. Diese flog krachend auf, der Alte stolperte und fiel zu Boden. Die beiden Männer betraten den Flur und beugten sich über ihn.

„Von mir erfahrt ihr nichts", schrie der Alte trotzig und rappelte sich wieder hoch.

„Tatsächlich?" Markus packte ihm am Kragen und zog ihn dicht an sich heran. Auf der Stirn des Alten bildeten sich Schweißtropfen. Unsicher sah er sich um.

„Wir warten!" Markus stieß den Alten wieder von sich. Dieser wich rückwärts aus. Doch die beiden Eindringlinge folgten ihm schrittweise.

„Sachte, sachte, ich hab's verstanden." Der Alte hob besänftigend die Hände. „Also die Sache mit dem Schatz war so. Ich war vierzehn, als eines Abends der alte Graf zu mir kam …"

„Lass das Gelaber! Wo ist die Kiste!"

„Ich hab's dem Grafen geschworen keinem die Stelle zu verraten." In dem Moment stürzte der Alte zum Schreibtisch, zog die Schublade auf und schnappte sich seine Pistole. Doch Markus war schneller. Er zog seine Waffe und zielte auf den Alten.

„Keine Fisimatenten! Da musst du schon ein bisschen früher aufstehen, um sich mit mir anzulegen. Also leg mal ganz brav die Knarre zurück, wo du sie hergeholt hast."

Einen Moment schien der alte Mann zu überlegen, ob er Marcus Anweisungen Folge leisten sollte. Doch dieser hasste es Zeit zu vergeuden. Der Knall eines Schusses ließ die Wände des kleinen Raumes erbeben.

Der Alte drehte sich langsam um und schaute auf das Loch in der Wand einen halben Meter über seinen Kopf. Er wurde leichenblass.

„Sind Sie … wahnsinnig?", stotterte er.

„Nö. Ich wollt dir nur beweisen, wie ernst es mir ist. Leg die Knarre weg!" Markus verstärkte den bedrohlichen Unterton in seine Stimme.

„Geht klar, mach ich sofort", beschwichtige der Alte und ließ seine Pistole wieder in die Schreibtischschublade gleiten.

„Warum nicht gleich so. Jetzt zeigst du uns gefälligst die Stelle, wo der Graf seinen Schatz versenkt hat." Mit einer Kopfgeste gab er dem Alten zu verstehen, dass er vorangehen solle. Dabei richtete er die Waffe auf den Kopf des alten Mannes.

Während Markus den Alten zu dessen Boot

trieb, holte Tim die Tauchausrüstung aus ihrem Auto. Anschließend stiegen sie zu dritt in das alte Motorboot. Der Alte bracht nach mehreren Versuchen den stotternden Motor zum Laufen. Dann tuckerte das Boot über den See. An einem verfallenen Steg brachte der alte Mann das Fahrzeug zum Stehen.

Tim schlüpfte in den Neoprenanzug. Eine Weile betrachtete er die Wasseroberfläche. „Das ist also die Stelle, wo der Schatz verborgen liegt?", wandte er sich etwas unschlüssig sowohl an Markus als auch an den Alten. Als daraufhin Markus ebenfalls den Alten ansah, nickte dieser eifrig.

„Du hast es gehört." Markus gab seinen Kumpel einen Schubs. Dieser landete mit einem Platschen im Wasser und verschwand in den Fluten. Minuten vergingen. Endlich tauchte Tim mit einer metallenen Kiste auf. Fluchend und prustend hievte er das vor Wasser tropfende Gerät auf den Steg. Anschließen zog er sich selbst hinauf auf die Holzplanken.

Fast ehrfürchtig betrachteten die beiden Ganoven die legendäre Schatztruhe. Dann holten sie das Werkzeug aus Tims Rucksack hervor. Fast zehn Minuten brauchten sie dafür, um den festverschlossenen Deckel auch nur einen Spalt zu öffnen. Endlich gab knirschend das Metall nach.

Verdattert blickten beide in die Schatztruhe. Als Erster hatte sich Markus wieder gefasst. Er griff in die Kiste und riss ein weißes Nachthemd heraus.

„Was ist das?" Fast gleichzeitig stürzten sich die Ganoven auf die Kiste. Vermoderte Bettbezüge, Laken und Kopfkissen flogen durch die Luft. Aber nirgend fand sich auch nur ein Gramm Gold.

„Das war wohl die Aussteuer des gnädigen Fräuleins!" Der Alte grinste, während Markus die Kiste mit einem erbosten Tritt wieder in den See beförderten.

„Ich rackere mich hier ab und dann das? Es ist wie immer. Du hast die große Schnauze und nichts ist dahinter. Dein ganzer Plan war von Anfang an Scheiße." Mit einem Wutschrei stürzte Tim sich auf seinen Kumpel. Markus verlor dabei das Gleichgewicht und die beiden Männer purzelten in das kalte Nass.

Seelenruhig startete der Alte sein Motorboot und fuhr von dannen. Was sollte er sich weiter um die beiden Spinner kümmern. Er wusste ja, der eigentliche Schatz des alten Grafen ruhte sicher an einer völlig anderen Stelle des Sees.

# Hexentrank

*Erfurt rund um die Krämerbrücke*
*Samstag, 16. Juni von 16.34 Uhr bis 22.17 Uhr*

Ariana hörte Schritte vor dem Eingang ihres Hexenzelts. Schnell beugte sie sich über die bläuliche schimmernde Glaskugel und hob beschwörend die Hände.

„Ristil astil bistil, mistil fistil, klasi nustli tristli." Ariana hatte diesen Spruch in irgendeinem verstaubten Buch gefunden – Hexensprüche im Wandel der Zeiten. Sie hatte keinen blassen Schimmer, was dies eigentlich bedeuten sollte. Aber darauf kam es nicht an. Es ging um den Rhythmus, die Aura, die von diesem Spruch ausging – Jener besondere Hauch von geheimnisvoller Magie.

Aber heute schien dieser völlig wirkungslos zu sein. Bis jetzt hatte im Laufe des Nachmittags kein einziger Kunde den Vorhang zu ihrem Zelt auch nur einen winzigen Spalt gelüftet. Ariana konnte sich nicht noch einen weiteren schlechten Geschäftstag leisten. Sonst bekam sie nicht einmal mehr die Standgebühr wieder herein. Also wiederholte sie flugs noch einmal den Spruch.

Endlich! Eine zarte, dezent rotlackierte Frauenhand schob sich durch den Spalt, umfasste den Stoff und hob diesen leicht an. Ariana hielt die Luft an. Würde die erste Kundin des Tages ihr Zelt betreten …

„Gundi, ni - das ist die falsche Hexe. De richtsche hat dort drüben ihr Zelt."

Falsche Hexe! Welch eine Anmaßung!

Ariana kochte vor Wut. Seit Jahren hatte sie sich einen exzellenten Ruf als Deutschlands beste Hexe und Wahrsagerin aufgebaut. War von einem Mittelaltermarkt zum nächsten getingelt. Immer rannten die Kunden ihr das Zelt ein. Doch plötzlich tauchte diese Elea mit ihren Liebestränken auf. Platzierte sich mit ihrem Zelt genau gegenüber und fing ihr alle Kunden weg.

Liebestrank! Das war lachhaft! Selbstverständlich war das eine Vorspiegelung falscher Tatsachen. Bei Eleas „berühmten" Liebestrank handelte es sich um nichts weiter, als um einen klebrigen Likör, der mit einer grünen Farbe versetzt war. Wahrscheinlich schmeckte er genauso, wie er aussah. Trotzdem stürzten sich die Leute darauf, als ob es Freibier wäre. Es war zum Verzweifeln!

Bis dahin war das Erfurter Krämerbrückenfest Arianas beste Einnahmequelle des Jahres. Die goldenen Zeiten waren wohl endgültig vorbei. Sie kannte den Grund. Diese Elea war eine Meisterin der Selbstvermarktung. Sogar das Fernsehen hatte über ihren Liebestrank berichtet.

Das Fläschchen mit der Aufschrift „Hexe Elea – Liebestrank" hatte Ariana aus dem Abfalleimer ihrer Konkurrentin gefischt. Außer einer abgesprungenen Stelle am Hals war das Fläschchen unbeschädigt. Dieses füllte sie nun mit etwas Likör wieder auf. Es hatte eine Ewigkeit gedauert, bis sie einen Spirituosenladen fand, der ein ähnlich aussehendes Gesöff im Angebot hatte.

Ariana ging zu ihrem Regal mit den „Hexenbüchern". Alles dicke verstaubte Schwarten mit okkulten Symbolen, die sie in verschiedenen Antiquariaten aufgetrieben hatte. Sie zog eins der Bücher heraus und angelte die Schatulle, die sich dahinter befand. Ariana klappte den Deckel auf und nahm eine Phiole heraus. Als sie diese öffnete, stieg ein leichter Duft von Bittermandel in ihre Nase. Sie träufelte ein wenig von der Blausäure in das Fläschchen. Nicht zu viel, denn schließlich sollten Eleas Kunden nicht getötet werden. Eine mittlere Vergiftung reichte aus, um ihren Ruf für immer zu ruinieren. Die hiesige Presse würde so einen Skandal mit Freuden aufnehmen. Ariana sah schon die Schlagzeile: Unfähige Hexe vergiftet ihre Kunden!

Zum ersten Mal an diesem Tag huschte ein Lächeln über ihre Lippen.

Als Ariana das Zelt ihrer Konkurrentin betrat, pries diese gerade ihre Liebestränke an. Erstaunt hob Elea ihre Augenbrauen und unterbrach ihr Kundengespräch.

„Oh! Welch überraschender Besuch! Willst du etwas von mir lernen?"

Ariana unterdrückte ihren aufsteigenden Zorn und setzte ein süßliches Lächeln auf.

„Lass dich von mit nicht stören. Wenn du fertig bist, möchte ich nur kurz mit dir reden."

Während sich Elea wieder ihrer Kundin zuwandte und irgendetwas von der Schicksalsbestimmtheit der menschlichen Liebe faselte, sah sich Ariana verstohlen um. Elea hatte die Fläschchen mit den bereits vorbereiteten Liebestränken ordentlich in einem Regal aufgestellt. So unauffällig wie möglich versuchte sich Ariana dem Regal zu nähern. Dabei tat sie so, als betrachtete sie eingehend die verschiedenen magischen Utensilien. Sofort erkannte Ariana, dass Elea beim selben Trödler eingekauft hatte wie sie.

Inzwischen stand Ariana direkt vor dem Regal mit den Liebestränken. Verstohlen warf sie ihrer Konkurrentin einen weiteren Blick zu. Doch diese war vollends beschäftigt. Mit viel Brimborium deutete Elea die Verschmelzung von Venus und Mars im Sternzeichen der Jungfrau an. Die Kundin, eine junge Frau mit Glubschaugen, hing fasziniert an den Lippen der Hexenmeisterin. Ariana schüttelte nur mit dem Kopf. Wie konnte man nur so naiv sein und auf solch billigen Hokuspokus hereinfallen. Da hatte sie weit mehr zu bieten. Aber sie wurde ja verschmäht! Am liebsten wäre sie der Dilettantin an die Gurgel gesprungen. Aber Ariana riss sich zusammen. Ihr Plan war ja weitaus wirkungsvoller. Nur musste sie jetzt schnell handeln.

Also zog sie unter ihrem Umhang das von ihr präparierte Fläschchen hervor und stelle es zu den anderen. Zufrieden bemerkte Ariana, dass man auf den ersten Blick keinen Unterschied feststellen konnte.

„Ich komme später noch mal", flötete Ariana, winkte kurz ihrer Kollegin zu und verschwand augenblicklich aus dem Zelt. Jetzt musste sie nur noch warten!

Bis in die Abendstunden ereignete sich nichts Entscheidendes. Insgesamt kamen nur zwei Kunden, wobei eine eigentlich zu Elea wollte, aber sich dann doch beschwatzen ließ. Ariana hatte den ganzen Nachmittag darauf gewartet, dass irgendetwas Ungewöhnliches im Nachbarzelt passierte. Vergeblich. Am Abend packte Ariana ziemlich frustrierte ihre Sachen ein. Da lugte ein rundes Männergesicht durch den Zelteingang.

„Nu meine Süße, haste mich vergessen?"

Ariana stöhnte innerlich auf. Die Verabredung mit ihrem Lover hatte sie tatsächlich verdrängt. Gilbert war nicht besonders helle, hatte jedoch reichlich Kohle. Er wohnte geradewegs um die Ecke und wolle heute Abend für sie kochen. Sie hatten sich vor einem Jahr beim letzten Krämerbrückenfest kennengelernt. Ariane hatte ihm wahrgesagt, dass er in Kürze die Frau seines Lebens treffen würde. Als Folge dessen versteifte sich Gilbert darauf, dass sie die Glückliche sei. Da er so hartnäckig war und ihr auch zu jedem Mittelaltermarkt hinterherfuhr, gab sie letztendlich nach. Er war der glücklichste Mann der Welt und sie nahm es gleichgültig hin.

Der Tisch war bereits gedeckt. Kerzenlicht und gedämpfte Musik verbreiteten eine intime Stimmung. Ariana lächelte etwas bemüht Gilbert an, als dieser das Essen auftrug – ein indisches Currygericht. Sie musste sich gestehen: Es sah wirklich lecker aus. Ariana führte die Gabel zum Mund. Das zarte Fleisch verging auf ihrer Zunge. Plötzlich hielt sie inne, Irgendetwas schmeckte eigenartig. Ein Geschmack von Mandeln dominierte. Das war unüblich für ein indisches Gericht.

„Was ist das für ein Rezept?"

Gilbert zog sie förmlich mit den Blicken aus.

„Ich hab' noch ne kleene Überraschung!"
Seine Stimme hatte so einen heiseren erregten
Ton. Mit einer schwungvollen Bewegung holte
er hinter seinem Rücken ein Fläschchen hervor.
Ariana sah ihn entgeistert an.

„Du hast Eleas Liebeselixier ins Essen gemischt?" Ihre Stimme überschlug sich.

„Ich weiß, du bist nicht gut auf sie zu spre-
chen. Aber ihre Liebestränke sollen einzigartig
sein."

Ariana entriss Gilbert das Fläschchen. Sie erkannte sofort die abgesprungene Stelle. Mit einem Mal wurde ihr schlecht.

# Gretas Puppe

*Berlin -Wedding*
*Montag ,15. März von 9.12 Uhr bis 9.30 Uhr*

Angespannt lauschte Heinz. Hinter der Tür der Nachbarwohnung hustete sich ein alter Mann die Seele aus dem Hals. Ansonsten war das Treppenhaus des heruntergekommenen Berliner Mietshauses wie ausgestorben. Kein Wunder. Um diese Zeit mussten anständige Leute mit ihrer Hände Arbeit ihr Geld verdienen. Heinz war nicht anständig!

Er setzte sich auf einen Treppenabsatz, stellte seine Umhängetasche auf den Schoß und kramte in ihr herum. Für einen Moment hielt er inne, warf einen Blick auf das Klingelschild – Ronny Friedrich. Er musste an seinen Knastkumpel denken. Wenn der von dieser Aktion erfuhr, ging er die Zellenwände bis an die Decke hoch. Heinz grinste.

Die letzten zwei Jahre hatte er mit Ronny die Zelle geteilt. Dieser galt geradezu als eine Legende im Knast. Ungefähr ein Jahr bevor Heinz eingefahren war, hatte der nämlich einen echten Coup gelandet – einen Einbruch in ein Juweliergeschäft in der Friedrichstraße. Der geschätzte Wert der Beute betrug sage und schreibe zwei Millionen. Dumm war nur: Sie hatten

Ronny geschnappt. Der Trottel hatte eine der Sicherungskameras übersehen. Aber die Beute war wie vom Erdboden verschwunden. Die Bullen hatten halb Berlin auf den Kopf gestellt, und nichts gefunden. Sie setzten Ronny unter Druck. Aber der schwieg wie ein Grab. Ronny war schon ein knallharter Typ, doch eins unterschätzte er vollkommen: Wie einsam die Nächte in einer Knastzelle waren.

Heinz dagegen wusste dies. Deshalb war es von Anfang an sein Plan, dem legendären Ronny auf den Zahn zu fühlen. Heinz schmierte ein paar Wärter und ein paar Tage später wurde er in dessen Zelle verlegt. Er musste nicht lange warten und eines Nachts lief Ronnys Herz über. Immer wieder erzählte dieser, dass er nach der Entlassung weit wegfliegt und dank der Kohle ein neues Leben mit seiner Familie beginnen will.

„Und wenn die Bullen die Beute vorher finden", stichelte Heinz.

„Niemals!" Ronny lachte fast hysterisch. „Das Versteck ist viel zu gut gewählt."

„Ach so. Du meinst, es gibt das perfekte Versteck?"

„Davon bin ich fest überzeugt." Dann offenbarte Ronny seinem Knastkumpel das Geheimnis. Er war in die Falle getappt!

Heinz konnte ein abermaliges Grinsen nicht

unterdrücken, während er weiter in der Umhängetasche kramte. Inzwischen schnupperte er
ja wieder die Luft der Freiheit, dagegen saß
Ronny immer noch seine Tage ab. Fast tat ihm
sein Zellennachbar leid.

Endlich fand Heinz das passende Werkzeug:
ein dünner, leicht gebogener Draht. Er brauchte nicht einmal eine halbe Minute, dann sprang
die Wohnungstür auf. Gelernt war gelernt.

Er hielt den Atem an - niemand hatte etwas
mitbekommen. Nur der Alte hustete immer
noch nebenan. Heinz betrat die Wohnung seines Knastkumpels Ronny. Sogleich sondierte er
die Lage: Rechter Hand lagen Bad und Küche,
anschließend das Wohnzimmer, links das
Schlafzimmer und dann das Kinderzimmer.
Dorthin musste er. Ronny hatte den gesamten
wertvollen Klunker in der Puppe seiner Tochter versteckt!

Obwohl keinerlei Gefahr bestand – Ronnys
Frau war um diese Zeit im Büro und die Tochter in der Schule – ging Heinz äußerst umsich-
tig vor.

Vorsichtig setzte er einen Schritt vor den anderen, immer darauf bedacht ein Knarzen der
Dielen zu vermeiden. Plötzlich hielt er inne –
ein Hüsteln? War es wieder der Alte von nebenan. Nein, diesmal klang es anders. Irgendwie zarter, kindlicher. Sein Pulsschlag erhöhte

sich. Sollte sich doch jemand in der Wohnung aufhalten? Er verabscheute Gewalt und wollte sie auf keinen Fall anwenden. Zum anderen war die Beute zu groß, als dass man sie einfach links ließ. Auch er hatte schließlich seine Träume.

Jetzt war es wieder still! Vielleicht hatte er sich nur getäuscht. Langsam drückte er die Klinke zum Kinderzimmer herunter. Mit einem leisen Quietschen ging die Tür auf. Zwei große dunkle Kinderaugen starrten ihn an. Auf dem Bett saß ein circa achtjähriges Mädchen mit einem dicken Wollschal um den Hals. Heinz bekam beinah einen Herzinfarkt.

„Wer bist du denn? Ich heiße Greta." Ihre Stimme klang heiser und auf dem Nachtschränkchen stapelten sich die Erkältungsmittel.

„Heinz, ich bin der Heinz." Wie blöd war er denn nur, dass er dem Kind seinen Namen verriet. Aber der Anblick des Mädchens hatte ihn völlig überrumpelt. Er hatte sich die Umsetzung seines Plans so einfach vorgestellt und nun dies …

„Was will'ste hier. Das ist mein Zimmer und ich hab' dich noch nie gesehen."

„Ich bin ein Kumpel von deinem Papa und ich soll dich schön grüßen." Schweiß floss ihm den Rücken herunter. Er konnte nix mit kleinen Kindern anfangen.

„Ist er von seiner Weltreise zurück?"

„Weltreise?" Verdammt, was für eine Weltreise? Er verstand kein Wort von dem, was das Mädchen erzählte. Plötzlich fiel es ihm, wie Schuppen von den Augen. Na klar. Ihre Mutter konnte ja wohl schlecht erzählen: Hör mal meine Kleine, dein Daddy sitzt gerade im Knast. Aber wir haben ihn trotzdem ganz doll lieb.

„Ach ja, Weltreise ... Na klar ... Der Papa kommt bald wieder zurück. Eigentlich wollt er morgen schon hier sein, nur ist leider was dazwischen gekommen." Heinz holte einmal tief Luft. Dann sprudelte es aus ihm heraus. „Auf einer einsamen Insel wurde dein Paps gefangen genommen. Der König der Insel will deinen Papa nur freilassen, wenn er 'ne Puppe von dir bekommt." Inzwischen hatte Heinz das Gefühl, in seinem eigenen Schweiß zu baden. Aber er war froh, dass ihm dieser Quatsch eingefallen war.

„Der König will eine Puppe von mir haben?" Greta sah ihn ungläubig an. Heinz nickte eifrig.

„Ja, ja, und ich soll sie ihm bringen. Ich bin sozusagen der Bote. Der königliche Bote."

Greta betrachtete ihn skeptisch von oben bis unten.

„So siehst du aber nicht aus."

„Doch! Doch!" Heinz holte aus der Innentasche seiner Jacke die Entlassungspapiere mit dem offiziellen Siegel des Stadt Berlin heraus. Mit etwas Fantasie konnte man es für ein königliches Dokument halten. Diese hielt er nun Greta unter die Nase. „Hier steht es schwarz auf weiß.“

Greta nahm es in die Hand und betrachtete das Siegel eingängig. Heinz betete, dass Gretas Lesekünste noch nicht so weit fortgeschritten waren. Er wurde erhört. Jedenfalls sprang Greta aus dem Bett und gab Heinz das Schreiben zurück.

„Na dann will ich dir mal glauben.“ Sie eilte zur Spielecke und zerrte eine Truhe hervor. In dieser befanden sich unzählige Puppen und Stofftiere. Greta hielt ihm eine Schlenkerpuppe entgegen. Im Kopf ging Heinz noch einmal die Beschreibung der Puppe durch. Diese war auf keinen Fall die richtige.

„Ne, ich such ne Puppe, die ist fast so groß wie du, mit 'nem roten Kleid.“

Kurz überlegte Greta, dann erhellte sich ihr Gesicht zu einem Lächeln.

„Ach, du meinst Elsa“, antwortete Greta ohne Zögern. Sie durchwühlte die Kiste, bis sie endlich eine leicht lädierte Puppe mit einem roten Kleid hervorzog.

„Hier ist Elsa!“ Feierlich überreichte Greta dem Ganoven die Puppe.

„Ich bring sie jetzt schnell dem König. Dann wird er deinen Paps bestimmt bald freilassen." Heinz deutete eine förmliche Verbeugung an. Dann klemmte er sich Elsa unter dem Arm und verließ pfeifend die Wohnung.

Greta hörte noch, wie der seltsame Mann die Tür hinter sich zuzog. Dann zog sie aus dem Bettkasten eine weitere Puppe mit rotem Kleid hervor und nahm sie fest in ihre Arme.

„Elsa, der komische Mann hat nicht einmal gemerkt, dass du das gar nicht warst, sondern Lela. Du brauchst keine Angst zu haben. Papa hat gesagt, ich darf dich nie, niemals hergeben."

# Geld wie Heu

Wie kalt mochte es sein – Minus zehn, minus fünfzehn? Bodo blies sich in die Hände. Doch die klammen Finger wurden keinen Deut beweglicher. Wie sollte er nachher vernünftig an dem Geldautomaten hantieren? Vorhin meinte Ulf, dass die Wetter-App auf seinem Handy gerade einmal null Grad angezeigt habe. Das konnte nicht sein, denn die Saale war schon seit Tagen zugefroren. Wer weiß, was sein Kumpel für ein veraltetes Teil hatte. Jedenfalls war es hier im Bulli ohne Heizung arschkalt. Wenn doch wenigstens endlich der Streifenwagen käme. Normalerweise hätte der an dieser Stelle schon vor zehn Minuten auftauchen müssen. Aber wenn es drauf ankam, konnte man sich auf die Bullen nicht verlassen.

Es war Teil ihres Planes. Erst wenn das „Bullentaxi" ihre Runde über den Marktplatz gedreht hatte, konnten sie losschlagen. Sie hatten danach genügend Zeit für ihren Coup.

Bodo spähte durch die zugefrorene Autoscheibe. Nachts, kurz vor drei Uhr, war der Marktplatz wie ausgestorben. Nur ein paar Raben zerrten irgendwelche Abfälle aus einen der

Papierkörbe und stritten sich heftig darum. In keinem der angrenzenden Häuser brannte Licht. Da – endlich bog der Streifenwagen auf den Marktplatz.

„Kumm runner! Die Bullen kimmen! Und keen Mucks", zischte Bodo seinen Kumpel zu. Ulf rutschte langsam den Sitz herunter.

„Geht's ni a bissel schneller", herrschte ihn Bodo an. Dann hielten beide den Atem an. Das tuckernde Geräusch des Polizeiwagens kam immer näher. Jetzt war er auf ihrer Höhe. Falls die Bullen sie hier entdeckten, müssten sie sich ein paar unangenehme Fragen gefallen lassen. Schweiß bildete sich auf Bodos Stirn und auch Ulf hatte trotz der Kälte eine knallrote Birne. Im Kopf zählte Bodo die Sekunden mit: einundzwanzig, zweiundzwanzig, dreiundzwanzig …

Das Motorengeräusch entfernte sich allmählich. Bodo atmete erleichtert aus. Langsam richtete er seinen Kopf wieder auf und lugte durch die Fensterscheiben des Bullis. Der Streifenwagen bog in die Rathausgasse und fuhr weiter in Richtung der Heidecksburg.

„Die kimm erscht in a holben Stunde wieder. Jetzt kanns losgehen."

„Menste, mir krieschen das hin." Ulf schaute unsicher zu seinem Kumpel hinüber.

„Mir sind doch och ne bleeder als die echten

Ganovenbanden im Fernsehen. Ich sag dir, bold hob mir Geld wie Heu." Selbstgefällig grinste Bodo. Er hatte sich oft genug irgendwelche Filme und Berichte angesehen und wusste genau, wie man am einfachsten so einen Geldautomaten knackt.

Vorsichtig öffnete er die Beifahrertür. Eisige Kälte sprang ihnen entgegen. Aber daran durfte er jetzt keinen weiteren Gedanken verschwenden. Bodo stieg aus dem Bulli, öffnete die Hintertür und schnappte sich das Abschleppseil und ein Stemmeisen.

„Du fährst mit'em Bulli rückwärts ran", rief er seinem Kumpel zu. Dann stapfte der durch den knirschenden Schnee in Richtung der Eingangshalle der Bank.

Der Vorraum war verschlossen. Bodo drückte seine Nase an die Fensterscheibe. Zwei Geldautomaten konnte er deutlich erspähen. Jetzt waren es nur wenige Handgriffe bis zur Erfüllung seines Traumes. Was konnte er mit den ganzen Schotter nicht alles anstellen. Als Erstes würde er sich ins Flugzeug setzen und irgendwo hinfliegen, wo es richtig warm war. Der Gedanke an Palmen, heiße Mädels und coole Drinks wärmten kurzzeitig sein Herz.

„Nu da wolln wir mol." Bodo wischte seinen Traum beiseite und setzte das Stemmeisen an den Spalt zwischen Rahmen und Tür. Beim ersten Versuch rutschte er ab. Es lag wohl an der dünnen Eisschicht, die das Metall überzogen hatte. Bodo setzte ein zweites Mal an. Diesmal verstärkte er den Druck. Mit einem kurzen Knack gab das Metall nach und die Tür sprang auf.

„Geht doch." Bodo betrat den Vorraum. Für einen Moment stutzte er. Welchen der beiden Geldautomaten sollte er nehmen. Sie sahen fast gleich aus, nur der eine von ihnen war etwas kleiner. Klar, bei dem Größeren war mehr zu holen. Aber er wirkte zu massiv. Sie mussten ja das Ding noch auf die Ladefläche stemmen und die Zeit flog nur so dahin. Er musste vernünftig handeln. Also schlang Bodo das Drahtseil um den kleinen Automaten und verschnürte ihn fest mit einem Karabinerhaken. Anschließend er rannte zurück ins Freie. Ulf hatte den Bulli schon rückwärts an die Eingangstür rangiert. So konnte Bodo problemlos das Seil an der Anhängerkuppel befestigen.

„Du kannst!", schrie er durch die kalte Winternacht. Sein Kumpel signalisierte mit der ausgestreckten Hand, dass er verstanden habe.

Der Motor heulte auf. Die Räder des Bullis drehten auf dem gefrorenen Straßenpflaster durch. Nervös sah sich Bodo zu den umliegenden Häusern um. Noch waren alle Fenster dunkel. Aber wenn es so weiterging, fiel bald halb

Rudolstadt aus den Betten.

Endlich vernahm Bodo ein knirschendes Geräusch. Dann folgten kurz hintereinander ein ohrenbetäubendes Krachen und das Klirren von Glas. Mit viel Getöse flog der Geldautomat auf den Marktplatz. Fast gleichzeitig schrillte die Alarmanlage der Bank. Voller Panik riss Bodo seinen Kumpel aus dem Wagen.

„Kimm schnell. Das Ding muss uff de Ladefläsch!".

Bodo spannte all seine Muskeln an, als er den Blechkasten anpackte. Trotz der Kälte rann ihm der Schweiß in Strömen über das Gesicht. Ulf ging es nicht besser. Nach dem dritten Versuch gelang es ihnen das blecherne Ungetüm in den Bulli zu schieben. Von Weiten hörten sie bereits die Polizeisirene. Es würde nicht mal mehr eine Minute dauern, bis die Streifenwagen hier auftauchten. Bodo knallte die Hintertür des Bulli zu, rannte nach vorn, sprang auf den Beifahrersitz. Fast gleichzeitig hechtete auch Ulf auf seinen Platz.

„Gib Gas", brüllte Bodo.

Wieder heulte der Motor auf. Dann setzte sich der Kleinlaster mit quietschenden Reifen in Bewegung. Im Rückspiegel sah Bodo schon das näherkommende Blaulicht eines Polizeiwagens.

Noch hatten sie genügend Vorsprung, als sie

Rudolstadt hinter sich ließen. Doch kurz nach Schwarza tauchte plötzlich aus der entgegenkommenden Richtung ein weiterer Streifenwagen auf.

„Verdammte Scheiße!" Ulf riss das Lenkrad herum und fuhr über die Wiese direkt auf die Saale zu.

„Biste verrückt geworden?", schrie Bodo.

„Mir machen nüber uff die andere Flussseite. Nur so können mir de Bullen abhängen." Ulf raste mit dem Bulli mit irrsinniger Geschwindigkeit über die Uferböschung. Krampfhaft klammerte sich Bodo an den Haltegriff.

„Wenn das nur gut geht", betete er. Mit einem Satz knallte der Wagen auf den zugefrorenen Fluss.

In dem Moment gab knirschend das Eis nach und die Spitze des Bullis sank in die kalten Fluten.

Eine Viertelstunde später saßen Bodo und Ulf zähneklappernd in Decken gehüllt auf der Polizeistation. Grinsend kam ein Polizeibeamter auf sie zu.

„Ihr seid die ausgebufftesten Ganoven, die ich kenne. Aber eins interessiert mich ehrlich, was wolltet ihr eigentlich mit dem Kontoauszugdrucker?"

# Guter Wein und giftige Pilze

*Radebeul bei Dresden*
*Freitag, 6. Oktober von 12.12 Uhr bis 12.57 Uhr*

Daniel stieß die Tür zur Küche des kleinen Weinrestaurants auf. Der Duft von gebratenen Pilzen strömte ihm entgegen.

„Ist das Essen fertig?", blaffte er ungehalten über die Anrichte, obwohl er sah, dass Maja immer noch die Pilze in der Pfanne schwang.

„Circa fünf Minuten brauchts noch."

„Beil dich!"

„Herrgott nochmal, du weißt doch – gut Ding will weile haben." Maja hantierte sichtlich nervös mit den Gewürzen, drehte den Pfefferstreuer und gab eine Prise Salz hinzu. Dann schwenkte sie wiederum die Pfanne, stellte sie ab auf die Flamme und schwappte einen Schuss Sahne hinzu.

„Hat er schon den Wein probiert?" Maja wischte sich mit dem Ärmel den Schweiß von der Stirn und sah ihren Mann erwartungsvoll an.

„Ewig hielt er seinen Zinken über das Weinglas, dann nahm er einen kleinen Schluck, kaute darauf herum und …"

„Was hat er gesagt", unterbrach ihn Maja ungeduldig.

„Eisiges Schweigen. Nur seiner Assistentin flüsterte er was ins Ohr."

„Mist! Wir brauchen unbedingt eine positive Erwähnung in Pohls Kolumne. Das würde uns endlich mal wieder einen Schub Gäste in die Bude schwemmen. Neugierige aus Dresden oder von weiter her. Ansonsten weiß ich nicht, ob wir in einem Jahr hier noch stehen. Es wäre nicht das erste Weinrestaurant, das hier in der Gegend den Bach runter geht." Maja angelte sich einen Löffel aus der Schublade und rührte die Pilze ein weiteres Mal um. Dann nahm sie eine kleine Portion, pustete und führte sie zum Mund. Daniel beugte sich zu seiner Frau herüber:

„Es kommt weitaus schlimmer. Der Weinpapst gab er mir deutlich zu verstehen, dass uns eine gute Rezension fünftausend Riesen kosten würde."

Maja ließ vor Schreck den Löffel fallen, der daraufhin klirrend auf dem Steinboden herumtanzte.

„Fünftausend!", schrie Maja. Daniel hielt ihr blitzschnell den Mund zu.

„Bist du verrückt geworden. Die können uns doch draußen hören.", zischte er. Sie hielt für einen Augenblick inne. Dann bemerkte Daniel, wie auf einmal eine Träne die Wange seiner Frau herunterlief.

„Wo solln wir so viel Geld auftreiben? Wir stehen kurz vor der Pleite! Niemand im Familienkreis kann uns etwas borgen." Mit einer energischen Handbewegung wischte sie Träne weg. Dann hob sie den Löffel auf, spülte ihn kurz ab und nahm einen zweiten Bissen.

„Ich bring den Kerl um!" Wütend sah sich Maja in ihrer Küche um, eilte zu einem Regal und nahm sich ein braunes altertümliches Glas. „Ich bring ihn um!" Sie griff in das Glas, streute irgendwas über das Gericht und verteilte dann die Portionen. Für einen Augenblick stutzte Daniel, dann griff er wortlos die fertigen Teller. Maja band die Schürze ab und folgte mit einem gewissen Abstand ihrem Mann.

Die Herbstsonne tauchte die Weinberge des Elbtals in ein goldenes Licht. Pohl hatte seine Portion verputzt und legte zufrieden und satt den Arm um die gut zwanzig Jahre jüngere Assistentin. Mit versteinerter Miene saß ihnen gegenüber eine dürre Mittfünfzigerin mit blondgefärbten Haaren. Maja hatte gehört, wie Pohl sie, als seine Gattin vorgestellt hatte. Dass sie nicht besonders glücklich über die enge Umarmung ihres Mannes mit der knackigen Assistentin war, konnte Maja problemlos ihrem Gesicht ablesen.

„Köstlich – diese Landschaft, dieses Essen, dieser Wein! Ja nicht umsonst ist ja ihr Weingut für den exquisiten Meißnerwein und die exzellenten Pilzgerichte berühmt." Grinsend beugte er sich zu den beiden Wirtsleuten. „Ich kann Ihnen durchaus ohne schlechtes Gewissen eine Empfehlung in meiner Kolumne aussprechen." Selbstgefällig lehnte Pohl sich wieder zurück. „Wie gesagt, sie kennen den Preis. Ansonsten räume ich gern auch der Konkurrenz einen Platz in meiner Kolumne ein."

Maja lächelte gequält und konnte gerade noch eine bissige Erwiderung unterdrücken. „Wir lassen uns ihr Angebot noch einmal durch den Kopf gehen", sagte sie stattdessen bemüht höflich.

„Überlegen Sie nicht zu lange. Sind das heimische Pilze? Aus der Region?", fragte nun Pohl, um das Thema zu wechseln. Maja nickte.

„Aus dem Umkreis vom Rabenauer Grund."

„Ah, Ursula mein Schatz, sind die Pilze aus dieser Gegend gut?" Pohl beugte sich über den Tisch strich seiner Frau über die Hand. Sie verzog keine Miene und starrte weiterhin in die Ferne. „Sie müssen wissen, meine Frau ist eine leidenschaftliche Pilzsammlerin. Überhaupt liebt sie alles, was mit Kräutern und Natur zu tun hat. Ihre Vorfahren sind bestimmt einmal als Hexen verbrannt wurden. Von ihren Ahnen ist ihr nur deren Boshaftigkeit geblieben." Die Eheleute fixierten sich gegenseitig eine Weile eisig. Woraufhin Pohl laut und ordinär zu lachen anfing. Keiner der Anwesenden stimmte darin ein. Nur die hübsche Assistentin zwang sich ein pflichtbewusstes Lächeln ab.

Maja beobachtete die Szene genau. Eine Weile hatte sie gehofft, dass sie den Weinkritiker umstimmen könnte. Aber jetzt wurde schlagartig klar, dass der Kolumnist ein richtiges Ekel war. Wie der mit seiner Frau umsprang. Nie würde Pohl auf die Fünftausend verzichten. Sollen ihm doch die Pilze in Hals stecken bleiben!

Maja trug das Geschirr zurück in die Küche. Mit einem Mal hörte sie ein heftiges Würgen, dann einen dumpfen Schlag, ein kurzer Moment der Stille, es folgte ein durchdringender Schrei der Assistentin. Hastig stellte Maja die Teller ab und rannte zurück. Daniel kam ihr bereits völlig aufgelöst entgegengerannt.

„Pohl ist tot zusammengebrochen!" Er packte seine Frau und zerrte sie in die Vorratskammer.

„Was hast Du ihm in die Pilze getan? ", schrie Daniel seine Frau an. Maja sah ihr Mann verdattert an, dann erst begriff sie.

„Das war Majoran, du Idiot!" Wütend lief Maja zurück in die Küche, um ihm das Glas zu zeigen. Beinah stieß sie mit Pohls Frau zusammen, die sich misstrauisch über die Essensreste beugte.

„Was haben sie hier zu suchen?", fragte Maja unwirsch.

„Ich möchte sie als Mörderin meines Mannes überführen." Ursula Pohl musterte sie mit ihren kalten Augen. Der plötzliche Tod ihres Mannes schien sie nicht sonderlich mitzunehmen. Aber das gab ihr noch lange nicht das recht sie so zu beschuldigen.

„Sind sie jetzt völlig übergeschnappt?" Majas Blutdruck schnellte in die Höhe, während sie mit blitzenden Augen die blondierte Frau anstarrte. Unbeeindruckt davon kam Ursula Pohl langsam auf sie zu. Ihre schmalen Lippen deuteten ein leichtes Lächeln an.

„Sie leugnen also die Tat? Wissen Sie, Frau Schneider, ich habe vor unserem Besuch Erkundigungen über ihr kleines Restaurant eingezogen. Nicht wahr, ihr Weingut läuft schlecht. Sie sind abhängig von der Kritik meines Mannes und er wollte sie verreißen. In ihrer Verzweiflung sahen sie nur einen Ausweg - meinen Mann zu vergiften. Wut kann ein tödlicher Ratgeber sein. "

„Das ist eine bösartige Unterstellung", stotterte Maja.

„Und was ist das? Grüner Knollenblätterpilz!" Die hagere Frau fischte einen Pilz aus dem Gericht heraus. „Ich kenne mich mit Pilzen sehr gut aus." Triumphierend hielt sie Maja den Pilz entgegen. Doch diese lächelte mit einem Mal.

„Da Sie so eine gute Pilzkennerin sind, wissen Sie genau, dass das Gift erst nach zwei Tagen wirkt. Wirklich ein genialer Plan den untreuen Ehemann eine tödliche Lektion zu erteilen und mir dafür die Schuld in die Schuhe zu schieben."

Einen Augenblick sahen sich die beiden Frauen hasserfüllt an.

Mit einem Mal verfiel Ursula Pohls Gesicht. Sie schwankte. Hilfesuchend tastete sie nach Halt. Zum Glück fand sie eine Stuhllehne. Resigniert ließ sie sich auf den Sitz fallen. Eine Weile starrte sie vor sich hin. Schließlich hob sie den Kopf.

„Das Schwein hat es verdient", flüsterte sie. Maja nickte verständnisvoll. Trotzdem griff sie nach dem Telefon und wählte Eins-Eins-Null.

# Süßes sonst gibt's Saures

*Berlin-Zehlendorf*
*Freitag, 31. Oktober von 18.56 Uhr bis 21.03 Uhr*

Wumm! Wumm! Wumm! Helga schaute erschrocken von ihrem Buch auf. Gerade an der spannendsten Stelle – Kommissar Hasenklever war kurz davor den Mörder seiner Kollegin zu überführen – bollerte jemand wie verrückt an die Haustür.

Immer dieses „Halloween"! Seufzend legte sie ihr Buch beiseite. Sie mochte diese neumodische Sitte nicht. Zu ihrer Zeit gab es das merkwürdige Fest nicht. Da feierte am 31. Oktober jeder anständige Christenmensch das Reformationsfest, ging in die Kirche und genoss den freien Tag. Heutzutage ist es in Berlin kein Feiertag mehr, aber dafür treiben die Kinder irgendwelchen heidnischen Schabernack.

Anderseits waren die um Süßigkeiten bettelnden Kinder eine willkommene Abwechslung in ihren sonst doch recht tristen Alltag. Seit Erwins Tod war es still in ihrer Zehlendorfer Villa und Gernot, ihr einziger Sohn, hatte nur seine Computerfirma im Kopf. Wenn es hochkam rief er zweimal die Woche an und besuchte sie einmal im Monat.

Wumm! Wumm! Wumm! – donnerte es

schon wieder an der Haustür.

„Ja, ja ich komme ja schon. Eine alte Frau ist kein D-Zug." Helga schoss es durch den Kopf, dass die Kinder gar nicht mehr wussten, was ein D-Zug war. Es war schon verrückt, was sich alles in den letzten Jahren geändert hatte. Endlich hatte sie die Tür erreicht. Als sie diese öffnete, sah sie verdattert auf einen dürren roten Teufel und ein kräftiges Wildschwein mit blutigen Hauern. Die Verkleidung der beiden konnte nicht verbergen, dass sie längst die Vierzig überschritten hatten.

„Süßes, sonst gibt's Saures!", brummte das „Wildschwein" unter seiner Gummimaske.

„Seid ihr nicht zu alt für diesen Kinderkram?", fragte Helga spöttisch. „Na was soll's, ich hab' sowieso zu viel von dem Süßkram gekauft", winkte sie gutmütig ab. Sicher waren es nur arme Kerle, die nicht genug Geld hatten für ihre Kinder Süßigkeiten zu kaufen. Helga griff hinter die Tür, wo auf einem Schränkchen die Tüte mit den Bonbons und den Gummibärchen lag. In dem Moment wurde es vor ihren Augen stockdunkel. Das Wildschwein hatte einen Sack über ihren Kopf gezogen. Ehe sie schreien konnte, drückte eine Hand auf ihren Mund. Der Geschmack von Fasern und altem Maschinenöl breitete sich in ihrem Mund aus.

„Halt bloß die Klappe. Wenn wir dit Löse-geld haben, lassen wir dir wieder loofen."

Daher wehte also der Wind. Kein Wunder, ihr Sohn wurde ständig als erfolgreicher Geschäftsmann in den Medien gefeiert. Da konnte so manch kleine Ganove auf dumme Gedanken kommen. Aber so einfach würde sie es ihnen nicht machen.

Während die beiden Männer sie in Richtung Straße schoben, wehrte Helga sich heftig. Sie trat nach links, sie trat nach rechts – mit voller Kraft! Ein Schmerzensschrei ließ Helga triumphieren. Sie hatte genau die richtige Stelle getroffen!

Trotzdem war sie chancenlos. Helga wurde auf die Hinterbank eines Autos gedrängt. Obwohl ihre Sicht sehr eingeschränkt war, konnte sie erkennen, dass der „Teufel" neben ihr Platz nahm. Sie betete inständig, dass das „Wildschwein" wenigstens während der Fahrt seine Maske abnahm. Gott hatte Einsehen mit ihr.

„Wohin soll denn die Fahrt gehen?" Helga bemühte sich ihrer Stimme einen möglichst unbekümmerten Tonfall zu geben. Irgendein metallener Gegenstand wurde ihr in die Flanke gedrückt. Helga schätzte, dass es eine Pistole war.

„Du hältst jetzt solange die Klappe, bis ick dir wat andres saje", zischte der „Teufel"mit heiserer Stimme. Helga hielt es für das Beste sich an die Anweisung zu halten. Zumal sie unbedingt wissen wollte, ob der Kommissar Hasenklever den Mörder überführt und vor allen Dingen, wer der Täter war.

Also ließ sich Helga gute zwanzig Minuten durch das nächtliche Berlin kutschieren. Wohin die Reise ging – sie hatte keine Ahnung. Der Sack versperrte ihr erheblich die Sicht.

Endlich kam der Wagen zum Stehen. Das „Wildschwein" zog wieder die Gummimaske über, riss die Hintertür auf und zerrte Helga aus dem Wagen. Dann packten die beiden Männer sie am Arm und führten sie ziemlich unsanft über die Straße. Einer der beiden stieß eine Tür auf. Dann ging es mehrere Treppen nach oben. Nachdem sie die Wohnungstür aufgeschlossen hatten, schoben sie Helga in eine Wohnung. Schließlich zog ihr der dürre „Teufel" den Sack vom Kopf.

Helga sah sich um. Eine spärlich eingerichtete Küche mit Küchenschrank, einer Spüle und einem alten Herd.

Die große gusseiserne Pfanne, die über dem Herd hing, fiel ihr sofort ins Auge. Wenn sie …

„Glotz hier nicht so rum." Der „Teufel" hielt ihr ein Diktiergerät direkt unter die Nase. „Du sprichst mir jetzt einfach alles nach, wat ick dir vorquatsche. Haste mir verstanden?"

Helga nickte eifrig.

„Mein Sohn, ick bin entführt worden …"

„Aber ich habe keinen Sohn. Nur eine Tochter, und die arbeitet bei der Post", fiel ihm Helga ins Wort. Trotz der Gummimaske konnte sie erkennen, dass der „Teufel" irritiert war.

„Willste uns verarschen? Wir haben allet jenau jeplant." Er kramte umständlich in seiner Tasche herum und holte schließlich einen Zettel hervor.

„Helga Wagner. Spanische Alle 66", las er vor, dann sah er sich fragend zu seinem Entführungsopfer um. „Du bist doch Helga Wagner, die Mutter von diesem reichen Computerfutzi!"

„Wie schon gesagt meine Tochter arbeitet bei der Post. Ich kenne keinen Computerfutzi. Tut mir leid. Außerdem heiße ich Marta Bach." Helga riss dem „Teufel" den Zettel aus der Hand und warf einen Blick darauf. „Ja, das ist es. Schauen Sie mal. Ich wohne in der 99 und nicht in der 66." Sie drehte den Zettel auf den Kopf und hielt ihn den „Teufel" unter die Nase.

„Ick wusste dit dies schiefgeht!", schrie das „Wildschwein" hysterisch. „Deine Pläne taugen nie wat!"

„Halt's Maul! Du Vollpfosten!" Ein Gewitter von gegenseitigen Beschimpfungen brach los. Die beiden Männer standen kurz davor sich an Gurgel zu gehen. Das läuft ja genau, wie ich es mir vorgestellt habe. Helga konnte sich kaum ein Schmunzeln unterdrücken. Dabei schaute sie verstohlen zum Herd. Es waren nur drei bis vier Meter. Die konnte sie problemlos und unauffällig überbrücken. Vorsichtig setzte sie rückwärts einen Fuß nach den anderen. Zum Glück war das Sichtfeld der Gangster durch die selbstgewählten Masken stark eingeschränkt. Außerdem waren sie in ihrem Kampf, wer der unfähigste Gauner auf Gottes Erdboden war, total vertieft. Helga schnappte sich die Pfanne. Jetzt kam es drauf!

„Für Euch gibt es heute nur Saures!"

Helga schlug mit voller Wucht die Pfanne an die Schläfe des „Teufels". Der sackte mit einem Seufzer zusammen. Ehe das „Wildschwein" reagieren konnte, erwischte ihn der nächste Schlag und auch er ging zu Boden.

„Eine Helga Wagner entführt man nicht ungestraft!" Triumphierend betrachtet sie die beiden am Boden liegenden Männer. Dann nahm sie das Handy des „Teufels" und rief die Polizei. Eine Stunde später saß sie wieder in ihrem Lehnstuhl und konnte entspannt das Ende ihres Krimis lesen.

# Die chinesische Vase

*Dresden*
*Donnerstag, 24. Januar von 20.46 Uhr*
*bis Freitag, 25. Januar 0.17 Uhr*

„Nu mei Gutster, wie geht's denn meiner Schwester?" Der Alte fixierte seinen Neffen mit einem durchbohrenden Blick. Robert rutschte, verlegen lächelnd, auf dem Stuhl hin und her. An und für sich mochte er den Alten gern, aber …

Es war vertrackt. Warum konnte er nicht seine Hände vom Roulettetisch lassen. Selbstverständlich wusste Robert, dass der Gewinner immer das Kasino war. Trotzdem kam er an keiner „Spielhölle" vorbei. Jedes Mal juckte es in den Fingern. Er hatte bestimmt schon alle Systeme ausprobiert. Immer war er gescheitert. Jetzt waren da auch noch die Schulden – Verdammt hohe Schulden! Ausgerechnet bei Johnson! Dieser hatte ihm vorgestern die Pistole auf die Brust gesetzt. Die Frist lief um Mitternacht ab. Sonst …

„Ach Onkel Theo, der Mutti geht's gut. Es tut ihr leid, dass ihr euch damals so verkracht habt."

Das war eine glatte Lüge. Roberts Mutter konnte ihren Bruder nicht ausstehen. Aber das musste Onkel Theo nicht wissen.

„Nu mir dut es och leid. Jedenfalls ist es scheene, dass du noch oll den Johren bei mir mol vorbeiguckst." Der Alte lächelnd ihn gütig an. Robert schluckte.

„Ich hatte in letzter Zeit viel zu tun. Mein Studium in Berlin ... Aber jetzt will ich wieder zurück und such deswegen hier in Dresden ne Arbeit."

„Und dafür haste morschen früh das Vorstellungsgespräch", fiel der Alte ihm ins Wort. Robert nickte eifrig. Lange Zeit hatte Robert nach einer Ausrede gesucht, um unauffällig in die Villa des Alten hereinzukommen. Ihm war nichts Besseres eingefallen.

„Ich bin dir jedenfalls sehr dankbar, dass ich bei dir übernachten darf." Roberts Blick schweifte umher. Wo war diese verdammte chinesische Vase? Immer wieder hatte seine Mutter davon erzählt. Sein Onkel habe auf dem Flohmarkt für wenig Geld eine Vase erstanden. Kurz darauf erwies sich diese als ein Kunstwerk, welches mehrere hunderttausend Dollar wert war.

„So ein Glück hot der olle Griepel gar ni verdient", schimpfte jedes Mal seine Mutter, wenn das Gespräch auf die Vase kam.

Früher stand die Vase immer auf dem Schreibtisch. Robert konnte sich dunkel daran erinnern. Allerdings wusste er nicht mehr genau, wie sie aussah. Nun stand an der Stelle ein aufgeklappter Laptop. Ein kalter Schauer lief Robert den Rücken herunter. Sollte der Alte das Teil verkloppt haben? Es wäre eine Katastrophe! Die Vase war doch seine letzte Rettung.

„Onkel Theo, wo is denn eigentlich deine schöne chinesische Vase?" Dabei setzte Robert eine möglichst gleichgültige Miene auf, damit sein Onkel nicht den geringsten Verdacht über seine eigentlichen Absichten bekam.

„Die chinesische Vase, habsch doch …". Der alte Mann hielt inne. Für einen Augenblick musterte er seinen Neffen. Dann erhob er sich etwas schwerfällig von der Couch.

„Nu komm mol mit, mei Gutster." Onkel Theo winkte Robert zu sich. Dieser erhob sich ebenfalls und folgte seinem Onkel zu dem mächtigen Eichenschrank. Der öffnete eine Schranktür und trat einen Schritt beiseite. Neben allerlei Krimskrams stand da eine Vase aus Porzellan, die mit einem roten Drachen verziert war. Eigentlich sah sie nicht viel anders aus, wie die Null-Acht-Fünzehn-Dinger aus dem chinesischen Souvenirladen. Aber Robert hatte keine Ahnung von Kunst. Außerdem gehörte die Geschichte mit dem Flohmarkt zu den Familienmythen. Robert hatte sie in seinen Leben bestimmt schon zwanzig Mal von seiner Mutter erzählt bekommen.

„Wahnsinn!", entfuhr es Robert.

Onkel Theo lächelte.

„Nach der Wende habsch meene ganze Kunstsammlung für diese Villa aufm Weißen Hirsch verglobbt. Nu, ich brauchte für mein Geschäft 'ne repräsentative Adresse. Nur von dem Prachtstück konntsch mich ni trennen." Der Alte war aufgestanden, nahm die Vase in die Hand und betrachtete das Meisterwerk liebevoll von allen Seiten.

„Ich hob dieses Kleinod auf einem Trödelmarkt in Prag erstanden. Wir waren damals auf unserer Hochzeitsreise." Onkel Theo blickte versonnen aus dem Fenster. „Du erinnerst dich doch noch an Tante Alma?", wandte sich der Alte direkt an Robert.

„Natürlich! Eine tolle Frau!"

„Ja, wirklich eine tolle Frau. Nun ist sie auch schon über zehn Jahre tot." Während sich der Alte weiter in Erinnerung erging, schaute Robert verstohlen zur Wanduhr.

Noch hatte er genügend Zeit. Allerdings könnte diese knapp werden, wenn der Alte weiterhin seiner toten Frau hinterher trauerte. Zum anderen wollte Robert ihn nicht unterbrechen. Sonst schöpfte Onkel Theo doch noch Verdacht. Es war ja sowieso erstaunlich, dass er ihm die Geschichte von seinem Vorstellungsgespräch und der dringend benötigten Übernachtung geglaubt hatte. Zum Glück hatte sein Onkel keine Ahnung, dass er schon vor drei Jahren nach Dresden zurückgekehrt war.

Endlich stellte der Alte die Vase auf den Platz zurück. Fast eine Viertelstunde hatte er von der guten alten Zeit geschwärmt. Robert hatte immer wieder einfühlsam genickt, obwohl er nicht genau zuhörte.

„Ich bin jetzt müde. Ein alter Mann, hat leider nicht mehr so viel Ausdauer, obwohl ich den Obend mit dir sehr genossen habe." Onkel Theo schlurfte zur Tür. Da hielt er inne. "Ei verdibsch noch e mol. Beinah hätsch das och noch vergessen. Dein Bett steht im Orbeitszimmer. Ich zeischs Dir glei mol."

Der alte Mann, ging zurück und schob die Verbindungstür zum Arbeitszimmer auf. Auf dem bereits ausgezogenem Sofa lag frisches Bettzeug. Robert erinnerte sich, dass der Alte irgendetwas von einer Haushälterin erzählt hatte.

„Is olles gut so?", fragte der Alte. Robert setzte sich auf das Sofa und nickte. „Na denn gute Nacht, mei Gung."

„Gute Nacht, Onkel Theo."

Der Alte schloss die Verbindungstür. Eine Weile hörte Robert noch den schlurfenden Gang des Alten. Endlich kehrte Ruhe ein. Eine

Viertelstunde wollte er mindestens warten, bevor er losschlug. Robert zählte die Minuten. Die Zeit schien still zu stehen. Endlich war das selbstgesetzte Zeitpensum erreicht. Jetzt musste alles schnell gehen.

Er öffnete wieder die Tür zum Wohnzimmer. Vorsichtig setzte er einen Fuß vor den anderen, immer darauf bedacht, dass kein Knarren des Dielenbodens ihn verriet. Er bekam ein merkwürdiges Gefühl in der Magengegend. Schließlich war er kein professioneller Dieb. Aber was halfs! Er brauchte die Kohle. Ansonsten würde ihn Johnson die Seele aus dem Leib pusten.

Vorsichtig öffnete er die Eichenschranktür. Ein leises Quietschen ließ ihn erschauern. Angespannt lauschte Robert. Aber im Haus herrschte Totenstille. Der Alte schien ruhig und fest in seinem Bett zu schlafen. Mit zitternden Händen verpackte er das kostbare Kunstwerk in eine Decke.

Als er die Tür der alten Villa hinter sich schloss, atmete er auf. Behutsam ging er den steilen Weg zur Straße hinunter. Nichts wäre schlimmer, wenn er jetzt ausrutschen würde und die Vase zu Bruch ging.

Endlich hatte Robert die Straße erreicht. Ein letztes Mal sah er sich nach der alten Villa um. Täuschte er sich, oder stand der Alte hinter dem Fenster und schaute mit einem hämischen Grinsen zu ihm herüber. In der Hand hielt er eine …

Nein, das war unmöglich! Der Alte schlief in seinem Bett. Seine Nerven spielten schon verrückt.

Robert verstaute die Vase vorsichtig im Kofferraum seines Wagens. Dann schaute er auf die Uhr. Es war dreiundzwanzig Uhr zweiunddreißig. Noch konnte er pünktlich in der Johannstadt sein. Robert trat aufs Gaspedal. Er raste die Schillerstraße herunter, fuhr über das „Blaue Wunder", die Loschwitzer entlang, ehe er endlich in der Johannstadt ankam.

Die Kirchturmuhr schlug zwölf Mal. Geschafft! Erleichtert stieß Robert die Tür zu der Hinterhofwerkstatt auf. Johnson war nicht allein. Neben dem Zweimetermann stand ein hutzliges Männlein.

„Hast du sie mitgebracht?"

Robert hielt Johnson das verpackte Kunstwerk entgegen.

„Gib sie ihm. Er ist der Experte und weiß, was so was wert ist."

„Vertrau mir. Mein Onkel Theo war immer stolz, dass er die Vase auf dem Flohmarkt für ein Trinkgeld erstanden und niemand den wahren Wert erkannt hat. Auf mehrere Hunderttausende wurde es damals geschätzt."

„Du kannst mir viel erzählen."

Das Männlein studierte die Vase eingehend. Minuten verstrichen. Langsam wurde Robert nervös. Endlich stand der kleine Mann auf, sah Robert an und ließ die Vase zu Boden fallen.

Das Kunstwerk zerbrach in tausend kleine Splitter.

„Ein Billigprodukt aus Hongkong."

„Da haste wohl jetzt ein echtes Problem!"

Robert blickte den Zweimetermann entsetzt an. Wie sollte er jetzt seine Schulden begleichen? In dem Augenblick erinnerte sich Robert an das grinsende Gesicht des Alten am Fenster seiner Villa. Es war kein Trugbild.

# Alter Sturkopf

*Berlin-Mitte*
*Donnerstag, 22. Oktober von 8.56 Uhr bis 9.23 Uhr*

Mit einer Sektflasche in der Hand starrte Holger auf das heruntergekommene Mietshaus in der Invalidenstraße. Geschäftsleute hasteten an ihm vorbei, eine betrunkene Frau grölte den letzten Sommerhit vom Ballermann und ein zahnloser Alter stocherte mit einem abgebrochenen Besenstiel in einem Papierkorb. Holger nahm dies alles nicht wahr. Sein Blick wanderte die Fassade des Hauses nach oben bis hinauf in den vierten Stock. Bei dem einzigen Fensterpaar, an dem noch Gardinen hingen, hielt er inne.

„Verfluchter Sturkopf!" Holger spuckte angewidert aus. Doch plötzlich huschte ein Lächeln über seinen Lippen. Da war sie wieder – die Vision: lässig, elegant und cool. In seinem Kopf entstand das Bild jenes moderne gläsernen Bürohauses, welches pünktlich in zwei Jahren exakt an dieser Stelle eröffnet werden soll. Holger hatte viel Zeit und Kraft investiert, um genau das richtige Architektenbüro zu finden, das seine Pläne verwirklichte. Aber erst, wenn diverse Start-up-Unternehmen sich um diese Büros in der Berliner Toplage rissen, dann würde seine Bemühungen sich endlich finanziell auszahlen. Monatelang hatte er dieses Projekt entwickelt. Sich mit Banken und Behörden herumgeschlagen. Alles war geklärt. Nun stand ihm nur noch ein Mann im Wege: Siegbert Meier – ein achtzigjähriger Greis, der partout nicht aus seiner Wohnung wollte. Er konnte sich doch nicht von einem halbdebilen Alten auf der Nase herumtanzen lassen. Er musste reinen Tisch schaffen!

Holger rannte über die Straße. Die Bremsen eines Lieferwagens quietschten. Wütend zeigte Holger dem Fahrer den Stinkefinger und eilte dem Mietshaus entgegen, ohne sich weiter um das Gemecker der Berliner Großschnauze zu kümmern.

Vor dem Hauseingang rückte er noch einmal sein Jackett zurecht. Dann schaute er auf das Klingelboard. Aber die Namensschilder waren verschwunden und es hingen lediglich die Drähte heraus.

„Auch gut", murmelte Holger und drückte die Klinke herunter. Die Haustür klemmte. Nach einem kräftigen Fußtritt gab sie schließlich nach. Vor den Briefkästen häufte sich der Bauschutt. An der Seite war eine alte Matratze aufgestellt. Spritzen lagen herum. Das ganze Treppenhaus stank nach Pisse und Erbrochenem. Holger spürte einen Würgereiz hochsteigen. Doch er unterdrückte seinen Ekel. Letzten Endes musste er jetzt eine gewiss unangenehme, aber notwendige Aufgabe erledigen.

Er spurtete die Treppe nach oben. Als er den vierten Stock erreicht hatte, war er völlig außer Puste. Er stütze sich an der Wand ab und atmete dann mehrmals tief durch. Langsam normalisierte sich sein Puls. Mit einem Tempotaschentuch wischte er sich den Schweiß von der Stirn. Holger wandte sich der Tür mit dem Namensschild „Meier" zu. Er hob die Hand, um an den Türrahmen zu klopfen, zögerte und tastete stattdessen nach dem Giftfläschchen in seinem Jackett. Es musste griffbereit sein, falls er gezwungen war nachher schnell und unauffällig zu handeln. Holger spürte die glatte, kühle Oberfläche des Fläschchens. Sie lag genau da, wo er sie haben wollte. Erleichtert klopfte er gegen den Holzrahmen der Tür. Zunächst vernahm er keine Reaktion, dann, nach einer gewissen Weile, hörte er ein langsames Schlurfen. Die erste Verriegelung wurde aufgedreht. Die zweite folgte. Endlich ging die Tür auf und ein alter Mann mit zerzaustem grauem Haar musterte ihn mit zusammengekniffenen Augen.

Holger hatte Siegbert Meier beinah nicht erkannt. Der Alte trug heute nicht seine dickglasige Brille. Desto besser - schoss es ihm durch den Kopf - je blinder der Alte, umso gefahrloser konnte er seinen Plan umsetzen.

„Herr Meier, darf ich reinkommen", fragte Holger bemüht höflich.

„Du kannst mir mal im Mondscheen bejegnen."

Bevor der Alte die Tür zuschlug, hatte Holger seinen Fuß dazwischen gestellt.

„Ich möchte Ihnen einen neuen Vorschlag unterbreiten."

„Der wievielte is dit schon. Der zwanzigste, dreißigste …"

Holger ließ sich nicht von der brubbligen Art des Alten beeindrucken.

„Wer weiß das schon so genau. Aber jetzt habe ich ein Angebot, das auch ihre Probleme berücksichtigt. Und als Zeichen der Versöhnung …" Holger holte hinter seinem Rücken die Sektflasche hervor.

„Willste mir damit weichkochen?" Der Greis blickte den Geschäftsmann skeptisch an.

„Lassen Sie mich doch erst mal hinein." Holger schob den Alten beiseite und steuerte direkt die Küche an. Er stellte die Sektflasche auf den Tisch und nahm zwei Gläser aus dem Küchenschrank.

„Herr Meier. Überraschung!" Er ließ den Korken knallen und schenkte Sekt in die beiden Gläser ein. Dann drehte er sich mit einer großen Geste dem alten Mann wieder zu. „Sie bleiben in iIhrer Wohnung. Ich renoviere nur den Rest."

„Ick kann hier wohnen bleiben?", stotterte der Alte. Es brauchte eine Weile bis der alte Mann die Tragweite von den Worten begriff. Schließlich wischte er sich verstohlen eine Träne beiseite und eilte zum Fenster. Gedankenverloren schaute er in Richtung Fernsehturm.

„Mein janzes Leben lang hab ick über diese Häuser und Bäume jekieckt. Es ist jut, dit ick dies och noch die restliche Zeit …" Der Alte vollendete den Rest des Satzes nicht, sondern schaute weiter in die Ferne.

Die Gelegenheit war günstig. Hastig holte Holger das Fläschchen hervor, schraubte den Verschluss ab und goss die farblose Flüssigkeit in das Glas des Alten. In dem Moment drehte sich dieser wieder um. Holger verschüttete den Rest auf seine Hand. Es brannte fürchterlich. Zum Glück war der Alte zu blind, um etwas mitzubekommen.

„Könnte ich mir die Hände waschen?"

Der Alte wies in Richtung Spüle. Schnell schrubbte sich Holger die Hände. Er hatte keinerlei Ahnung, was das Gift ansonsten mit seiner Haut anstellte. Nach dem er sich die Hände abgetrocknet hatte, dreht er sich mit einem strahlenden Lächeln wieder dem Alten zu.

„Lassen Sie uns darauf anstoßen, dass wir

doch noch eine Lösung gefunden haben." Holger reichte dem Alten das Glas. Dieser wischte mit dem Ärmel seines schmuddeligen Hemdes die Tränen weg und nahm es ihm ab.

„Auf gute Zusammenarbeit!" Holger stieß mit dem Alten an. Die Gläser klangen etwas dumpf. Aber das war jetzt nicht so wichtig. Über seinen Glasrand beobachtete er den Alten, wie dieser sein Sektglas zum Mund führte. Gleich würde er …

„Und ick kann mir darauf verlassen?"

„Selbstverständlich!"

Der Alte hob sein Glas zum zweiten Mal.

„Und es jibt keen' Haken bei die Sache."

„Nein natürlich nicht." Langsam wurde Holger ungeduldig. Er musste den Alten zum Trinken animieren. Also nahm er sein Glas und trank es in einem Zug leer. Plötzlich spürte er ein Kratzen im Hals. Sollte etwa …

Vor seinen Augen begann sich alles zu drehen.

„Ick hab jesehen, datte mir wat ins Glas jetan hast. Da hab ick sie einfach vertauscht."

„Aber Sie sind doch fast blind …", keuchte Holger. Er wusste um die tödliche Wirkung des Giftes. Der Alte sah ihn lachend an.

„Vor drei Wochen hat ick 'ne Graue-Star-OP. Seit dem kann ick wieda glotzen, wie en junger Spund."

Holger stürzte Boden. Alles war schwarz. In diesem Augenblick fand die große Vision des Holger Beck auf dem Küchenboden von Siegbert Meier ein jähes Ende!

# Scharfe Bilder

*Jena*
*Dienstag ,15. August von 6.45 Uhr bis 7.12 Uhr*

Die Morgensonne spiegelte sich in dem gläsernen Bürohochhaus mitten in der Jenaer Innenstadt. Ronald kniff die Augen zusammen. Das Firmenschild, welches seitlich neben der Eingangshalle angebracht war, konnte er ohne Schwierigkeiten lesen: Vera Sturm Handels AG. Ronalds Blick glitt an der Fassade des Hochhauses nach oben. In luftiger Höhe, genauer gesagt im 27. Stock, hatte der Gatte der Besitzerin, Direktor Olaf Sturm sein Büro. Ronald grinste. Dem Herrn Direktor blieb genau noch eine Viertelstunde, dann würde er ihm gehörig den Tag verderben.

Ronald ließ sich auf einer Bank direkt vor dem Eingang des Geschäftshauses nieder und nahm aus seiner Aktentasche einen großen Briefumschlag. Er öffnete diesen und ließ die darin befindlichen Fotos in seine Hand gleiten. Die gestochen scharfen Bilder waren in ihrer Eindeutigkeit kaum zu übertreffen. Nicht umsonst hatte Ronald jahrelang als Fotograf gearbeitet. Wenn diese kompromittierenden Fotos in die Hände von Sturms Frau gelangten, war dessen „süßes Leben" endgültig vorbei. Jeder in

Jena wusste, dass das gesamte Vermögen der Firma seiner Frau gehörte. Vera Sturm galt als eine knallharte Geschäftsfrau, die keinerlei Pardon duldete. Sie würde sofort ihren Mann vor die Tür setzen. Den Rest erledigt dann eine Schar von Anwälten. Olaf Sturm käme nie wieder auf einen grünen Zweig. Schlecht für Sturm, gut für ihn. Der Herr Direktor würde zahlen, da war Ronald sich sicher.

Zufrieden betrachtete er noch einmal die Bilder. Lola strahlte ihn mit ihren blauen Augen an. Sie saß rittlings auf diesem reichen „Vogel". Ihre nackten Brüste streckten sich ihm aufreizend entgegen.

Das hältste ja nicht im Schädel aus – Ronald schluckte. Die Möpse seiner Frau waren einfach atemberaubend. Ein längst vergessenes Gefühl der Eifersucht beschlich ihn. In den letzten Jahren hatten sich Lola und er auseinandergelebt. Deswegen hatte er zunächst keine Gewissensbisse, als er diesen Plan entwickelte. Selbstverständlich wusste er, wie begehrenswert Lola war. Deswegen war ihm von Anfang an klar, dass sie die einzige Person war, die den Lockvogel spielen konnte. Bloß hatte es sich Ronald einfacher vorgestellt Lola für seinen Plan zu begeistern.

„Bist du nicht richtig in der Birne. Ich bin doch keine Hure!", hatte sie ihn angebrüllt. Im nächsten Moment flog die Vase, die sie von seiner Mutter zur Hochzeit geschenkt bekommen hatte, ihm entgegen. Ronald kannte schon Lolas Temperamentsausbrüche. So zog er im letzten Augenblick den Kopf ein. Das gute Stück zerbarst klirrend an der Wohnzimmerwand in tausende Einzelstücke.

„Nie würde ich so etwas Schlechtes von dir denken", versuchte Ronald beruhigend auf sie einzuwirken. Da flog schon der nächste Gegenstand ihm entgegen. Krachend zerschellte diesmal ein Teller knapp neben ihm. Er redete mit Engelszungen, versuchte ihr klarzumachen, dass sie beide doch auch Anspruch auf einen Teil vom „großen Kuchen" hätten. Der nächste Teller segelte an ihm vorbei.

Erst als Ronald versprach mit dem Geld die ewig verschobene Hochzeitsreise zu den Malediven zu buchen, brach ihren Widerstand.

„Malediven!", hauchte Lola verträumt. Dann sah sie ihren Mann nüchtern an: „Was muss ich tun?"

Ronald atmete erleichtert auf und weihte sie in die Details ein. Der Schlag der Kirchturmuhr riss ihn aus seinen Erinnerungen. Es war Punkt sieben Uhr. Er musste sich sputen. Noch einmal warf einen Blick auf das letzte Foto. Irgendetwas an Lolas Gesichtsausdruck gefiel ihm gar nicht. Die Erkenntnis traf ihn wie ein

Hammerschlag: Lola genoss den Sex mit dem Typen. Sein Herz krampfte sich zusammen. Der Gedanke, dass Lola mit diesem … Ronald war sich so sicher gewesen, dass er nichts mehr für seine Frau empfand. Nun tat es doch weh! Verdammt, er konnte sich jetzt keine sentimentalen Gefühle leisten!

Schnell schob er die Fotos zurück in die Tasche und eilte in Richtung des Bürogebäudes.

Auf dem Flur im 27. Stock war keine Menschenseele zu sehen. Wohlweislich hatte Sturm ihn so früh in sein Büro bestellt. Bevor er Olaf Sturms Büro erreicht hatte, trat dieser ihn am Ende des Flures entgegen.

„Guten Morgen, Herr Schneider. Schön Sie hier begrüßen zu dürfen." Mit einem geschäftsmäßigen Lächeln bat Sturm ihn in sein Büro hinein. Ronald erstarrte. Dieser Kerl war so kalt wie ein Fisch im Polarmeer. Aber das durfte ihn nicht aus dem Konzept bringen.

Überraschenderweise war der Raum fensterlos. Für einen Augenblick war sich Ronald unsicher, ob dies überhaupt das Büro des Direktors war. Doch er beruhigte sich gleich wieder, weil der Rest der Einrichtung genau dem entsprach, was er aus Filmen über Direktionsbüros wusste. Auf einem riesigen Schreibtisch befanden sich nur ein Computerbildschirm und eine Tastatur. Dahinter ein fahrbarer Stuhl aus edlem Leder mit großer Lehne. An der Wand hing ein merkwürdiges abstraktes Gemälde. Ronald konnte keinen Sinn darin erkennen, aber es war hundertprozentig unbezahlbar. Vermutlich war hinter dem Gemälde der Safe eingelassen. So war es jedenfalls immer in den Filmen..

„Wollen Sie einen Kaffee? Meine Sekretärin ist noch nicht da, aber die Kaffeemaschine kann ich bedienen."

Ronald beugte sich über den Schreibtisch, stützte sich mit den Händen auf der Schreibplatte ab und fixierte den aalglatten Geschäftsmann.

„Ich will nur eins. Meine Kohle!" Dabei versuchte er seiner Stimme eine gewisse gefährliche Schärfe zu verleihen.

„Wie sie wünschen." Sturm lächelte verbindlich. Er beugte sich nach unten. Blitzschnell riss Ronald unter seiner Jacke, die Pistole hervor.

„Keine Spielchen, haben wir uns verstanden?", schrie er.

„Bleiben Sie schön ruhig, Herr Schneider." Wieder war da dieses ekelhafte schleimige Lächeln. Sturm holte eine Aktentasche hervor und legte sie auf den Tisch. Während Ronald die Pistole wieder einsteckte, klickten die Schlösser des Aktenkoffers. Dann klappte Sturm den Deckel auf. Ronald blieb der Mund offen stehen. Da lagen sie: ordentlich gestapelte Geldscheine. Sein Herz schlug schneller. Dem unwiderstehlichen Drang die Scheine zu berühren, war er nicht gewachsen. Doch ehe er nach diesen greifen konnte, schlug Sturm den Koffer wieder zu.

„Erst die Fotos!"

Einen Moment brauchte Ronald, um sich wieder zu sammeln. Doch dann breitete er die Fotos auf den Schreibtisch aus. Sturm betrachtete sie eingehend. Schlussendlich suchte er ein Bild heraus und hielt es Ronald direkt vor die Nase.

„Sie sind ein Trottel, Schneider. Sehen Sie denn nicht, Ihre Frau ist eine Göttin! Diese herrlichen Augen, ihre glänzende Haut, ihre formvollendeten Brüste! Und Sie missbrauchen sie für Ihre dreckigen Geschäfte."

„Ich hau dir gleich ein paar in die Fresse! Ich kann mit meiner Frau machen, was ich will!" Ronald kochte vor Wut. Gerade weil er wusste, dass dieser schmierige Kerl recht hatte. Seine Frau sah umwerfend aus auf dem Foto. Ja, er war ein Trottel, aber es war zu spät! Ronald ballte die Faust und schrie. „Her mit dem Zaster!"

Bevor Ronald den Aktenkoffer greifen konnte, schnappte ihn sich Sturm. Fast gleichzeitig flog die Bürotür auf und Ronald starrte in den Mündungslauf einer Pistole.

„Lo ... la ...", stotterte er, ehe er begriff, was hier vor sich ging. Seine Frau musterte ihn mit eiskalter Miene.

„Eine schöne Überraschung, nicht wahr, Schneider. Sie haben mir einen sehr guten Dienst erwiesen." Sturm schlenderte seelenruhig zu Lola hinüber, deren Waffe immer noch auf Rolands Herz zielte. „Natürlich musste ich meiner Frau meine Version von der Erpressung erzählen." Theatralisch setzte Schneider einen verzweifelten Gesichtsausdruck auf. „Ein Verrückter will unsere Lebensmittelprodukte vergiften."

Für eine Sekunde huschte über Lolas regloses Gesicht ein Lächeln, ehe Sturm fortfuhr:

„Vera ist eine nüchterne Person. Sie will unangenehme Sache möglichst ohne viel Aufheben von der Bildfläche wischen. Deshalb stellte sie sofort das Geld bereit." Fast liebevoll strich Sturm über den Aktenkoffer. „Nun wird das Erpressungsgeld für mich das Startkapital für mein neues Leben mit Lola. Pech für Vera und Pech für Sie."

Sturm hakte sich bei Lola unter und ließ Ronald stehen. Im Türrahmen drehte er sich noch einmal um.

„Sie befinden sich hier im Tresorraum. Sobald ich diesen verlasse, aktiviere ich die Verriegelung. Frühestens in drei bis vier Stunden wird man Sie hier entdecken." Er warf Lola einen liebevollen Blick zu. „Dann sind wir schon längst über alle Berge."

Lola warf ihren Mann einen letzten Abschiedskuss zu, ehe sie ihm mit schnurrender Stimme zu hauchte:

„Schatz, ich schicke dir eine Ansichtskarte von den Malediven. Die Scheidungspapiere folgen später."

Fassungslos sah Ronald den wiegenden Hüften seiner Frau hinterher. Unmittelbar nachdem die Tür sich schloss, vernahm Ronald die elektronische Verriegelung.

# Besuch vom Amt

*Berlin-Weißensee*
*Dienstag, 6. Juli von 8.12 Uhr bis 8.54 Uhr*

*Gräfin Franziska von Rollenstedt warf Marlon einen sehnsüchtigen Blick hinterher. Wenn er sich jetzt noch einmal umdreht, würde sie sofort zu ihm stürmen, auf die Knie fallen und ihm ihre Liebe gestehen. Doch Marlon entschwand hocherhobenen Hauptes. Kein Zögern, kein Innehalten, kein Wenden des Kopfes. So ging eine hoffnungsvolle Liebe an ihrem Stolz zu Grunde …*

Mara seufzte. Sie legte den Roman mit dem bunten Einband beiseite und wischte sich eine Träne aus dem Augenwinkel. Ja, das war wahre Liebe!

Für Mara gab es nichts Schöneres als am Morgen eine halbe Stunde allein im Bett zu liegen und in einem Liebesroman zu schmökern. Gespannt, wie das Drama zwischen Franziska und Marlon weiterging, blätterte sie die nächste Seite um. Doch in dem Augenblick riss Rolf die Tür zum Schlafzimmer auf. An dem irren Blick ihres Mannes erkannte Mara sofort – der Morgen war gelaufen!

„Wat will'ste?" Wütend knallte sie ihr Buch auf den Nachtisch. Ihr Mann rang nach Luft, ehe er antworten konnte:

„In 'ner Viertelstunde kommt einer vom Amt, wejen Mamas Rente." Rolfs Stimme schnappte über. „Ick wusste, dit dit schief jeht. Wir hätten Mamas Herzinfarkt in Haiti sofort aufm Amt melden müssen. Stattdessen haben wir uns von dort nur die Urne schicken lassen, nischt jesagt und ..."

„ ...und jeden Monat Mamas Rente weiter kassiert", ergänzte Mara nüchtern. „Damit sind wir in letzter Zeit jut jefahren."

„Aber ick will nit in den Knast" Rolf warf sich verzweifelt auf ihre Bettdecke. Sie konnte es nicht glauben: Dieser Looser heulte tatsächlich, wie ein alter Schlosshund. Manchmal fragte sie sich, warum sie sich vor zehn Jahren in diesen Typen verlieben konnte.

„Nun reiß dir zusammen. Ick war nicht umsonst mal Schauspielerin!" Das war zwar reichlich übertrieben. Aber immerhin hatte sie ein paar Jahre in einer Laienspielgruppe im Kulturhaus „Peter Edel" gespielt und dann waren noch die paar Statistenrollen im Film: Marketenderin, Polizistin, Nutte ... Dies dürfte wohl dafür reichen so einem Bürohengst vom Amt hinters Licht zu führen.

Während Rolf inzwischen völlig aufgelöst im Zimmer auf und ab lief, schwang sich Mara aus dem Bett. Sie überlegte kurz, dann spurtete sie in das Zimmer ihrer verstorbenen Schwiegermutter, riss den Kleiderschrank der alten Dame auf, durchwühlte die Schubladen bis sie ein langärmliges Nachthemd in der Hand hielt. Ruckzuck zog sie es an und lief ins Bad. Aus dem Schränkchen neben dem Waschbecken holte sie ihre Schminktäschchen hervor. Für ein paar Sekunden hielt Mara inne. Wie konnte sie sich mit wenig Aufwand in eine alte Frau verwandeln? Eigentlich ganz einfach. Ein Lächeln huschte über ihr Gesicht. Dann fing sie an.

Mara legte einen dunklen Schatten um die Augenlider. Ein helles Make-up sorgte für einen blassen Teint. Anschießend puderte sie ihre Gesichtshaut dezent ab. Nun nahm sie die Dose mit dem Trockenshampoo und schüttete reichlich davon über ihre Haare. Ihre blonde Mähne verschwand unter einer grauen Schicht. Ein schneller Blick in den Spiegel. Sie war mit dem Resultat durchaus zufrieden. Also eilte Mara zurück in das Zimmer ihrer Schwiegermutter und kroch unter die Bettdecke.

„Wie siehst du denn aus?" Rolf fiel die Kinnlade herab.

„Ist doch klar. Wie deine Mutter! Jetzt zieh die Vorhänge zu!", fauchte Mara ihren Mann an, dessen Mund immer noch sperrangelweit offenstand. Mechanisch, wie ein Roboter befolgte er den Befehl seiner Frau. In dem Augenblick klingelte es an der Haustür.

„Nun geh schon! Ich bin bereit." Mit einer unwirschen Geste wies Mara in Richtung der Tür. „Und stell dir nicht so blöd an", rief sie ihrem Mann hinterher.

Als Rolf diese öffnete, strahlte ihn ein junger Mann mit Aktentasche an.

„Börnse, wir hatten vor einer Viertelstunde miteinander telefoniert." Er streckte Rolf die Hand entgegen. Dieser zwang sich zu einem Lächeln.

„Meine ... meine Mutter erwartet Sie bereits ..." Rolf wies den jungen Mann den Weg ins Schlafzimmer. Börnse durchmaß mit zügigem Schritt den Flur und blieb dann etwas verlegen an der Schlafzimmertür stehen.

„Kommense rein", krächzte eine Stimme aus dem abgedunkelten Raum. Unsicher versuchte sich der Beamte zu orientieren. Dann tastete er sich ein paar Schritte vorwärts in die Richtung, wo er die alte Frau vermutete.

„Mir jeht's nit so jut. Jestern hat mich der Nachbarshund anjesprungen. Eijentlich nix Schlimmes. Aber Hundehaare lösen bei mir Übelkeit und Migräne aus. Destewäjen die Verdunklung."

„Kein Problem, Frau Weber. Ich werde Sie nur wenige Minuten stören. Von Amtswegen müssen wir allen möglichen Hinweisen nachgehen. Das ist sozusagen unsere gesetzliche

Pflicht. Und in Ihren Fall … Wie soll ich mich ausdrücken …"

„Nu quatsch ni so um den heeßen Brei. Wat willste?"

„Nun, meine Aufgabe ist es zu prüfen, ob die Rentenempfängerin überhaupt noch am Leben ist."

„Für 'ne Tote fühl ick mir recht lebendig." Mara lachte heiser. Peinlich berührt stellte der junge Mann seine Aktentasche ab und suchte nach neuen Argumenten.

„Wir haben da einen anonymen Hinweis bekommen. Ob ich will oder nicht, ich muss dem einfach nachgehen. Sie glauben ja gar nicht, wie viele Sozialbetrüger es hier in Berlin gibt." Nervös holte Börnse ein kleines Tüchlein hervor, nahm seine Brille ab, hauchte die Gläser an und polierte diese. Anschließend setzte er sie wieder auf und ließ den Blick durch den verdunkelten Raum schweifen. „Aber bei Ihnen scheint ja alles in Ordnung zu sein." Er grinste entschuldigend.

„Ja, ick weiß. Sie können ja nüscht dafür. Es jibt so viele schlechte Menschen uff die Welt. Mich würden die och am Liebsten unter die Erde sehen. Dabei tu ick nicht mal 'ner Fliege was zu Leide." Mara begann zu schluchzen. Börnse sah sich hilflos um. Doch Rolf hatte sich verzogen.

„Nun regen Sie sich bitte nicht so auf. In ihrem Alter könnte dies gefährlich werden." Doch sein Beruhigungsversuch scheiterte kläglich. Mara schluchzte weiter.

„Junger Mann, Sie wissen gar nicht, wie hart das Alter ist. Alle wolln ein nur loswerden. Dann verbreiten sie auch noch bösartige Gerüchte überein. Schließlich kommen Sie von der Behörde und wollen ein für Tod erklären." Mara konnte nicht mehr weitersprechen. Sie wurde von einem heftigen Weinkrampf geschüttelt. Behutsam setzte sich Börnse auf die Bettkante.

„Ich verspreche Ihnen, dass ich mich persönlich dafür einsetze, dass Sie nicht weiter von unserer Behörde belästigt werden."

„Sie sind wirklich ein juter Junge." Mara tätschelte ihm die Hand, schluchzte noch einmal kräftig und ließ sich zurück ins Bett fallen. Vorsichtig erhob sich der Beamte und schlich sich auf leisen Sohlen aus dem Zimmer.

„Ich werde die Sache regeln", raunte er Rolf zu, bevor er das Haus verließ.

Kaum war die Haustür ins Schloss gefallen, sprang Mara aus dem Bett.

„Na, wat hab ick dir jesagt?"

Statt einer Antwort stürmte Rolf auf sie zu, packte sie um die Hüften und zog sie an sich heran.

„Du bist die tollste Frau, der ich je in meinem Leben begegnet bin." Seine Lippen näherten sich schon den ihrigen. Doch Mara schob ihn resolut beiseite.

„Imma langsam mit die wilden Pferde!" Mara schüttelte ihre Mähne und das Trockenshampoo flog ihm entgegen. „Erst muss ick unter die Dusche und dann ... Ach, ick gloobe, dann lese ick lieber noch ne halbe Stunde meinen Schnulzenroman." Sie gab ihren Mann einen flüchtigen Kuss und verschwand im Bad. Rolf ließ sich enttäuscht aufs Sofa fallen. Plötzlich klingelte es. Genervt öffnete Rolf die Tür. Er blickte in Börnsens verlegenes Gesicht.

„Es tut mir leid. Ich habe meine Aktentasche vergessen. Bin gleich wieder weg." Er huschte an Rolf vorbei. „Ihre Frau Mutter liegt ja gar nicht mehr im Bett. Geht es ihr besser?", rief der junge Mann aus dem Zimmer seiner Mutter.

„Den Trottel hab ick richtig an der Nase rumjeführt."

Rolf drehte sich blitzschnell um. In der Badtür stand die frischgeduschte Mara. Ihr entglitten die Gesichtszüge, als sie den jungen Beamten bemerkte.

# Tod einer Eisprinzessin

*Chemnitz*
*Montag 16. Februar von 8.37 Uhr bis 9.13 Uhr*

Wutsch – Kommissar Fuchs riss es die Beine weg und er landete auf den harten Boden der Eisfläche. Ein stechender Schmerz kroch vom Steißbein den Rücken hoch.

„Verdimmisch no mal!", fluchte er leise, ehe er sich langsam wieder hochrappelte. Er war selber daran schuld. Der alte Hausmeister hatte ihn davor gewarnt die Eisfläche zu betreten. Es lag gar nicht daran, dass der Kommissar sich den längeren Weg entlang den Zuschauertribünen sparen wollte. Vielmehr mochte Fuchs in einem Anflug von Nostalgie nur einmal im Leben seinen Fuß auf die „heilige" Eisfläche setzen. Hier, genau an diesem Ort, hatte einst Kathi Witt unter den Augen der unerbittlichen Jutta Müller, ihre Pirouetten trainierte. Es war der Beginn ihrer Weltkarriere. Aber Fuchs war nicht Kathi Witt. Deshalb war jetzt sein einziger Wunsch, dass er ohne weiteren größeren Schaden die rettende Bande erreicht.

Vorsichtig tastend bewegte sich der Kommissar in Richtung der Umkleidekabine. Zum Glück hatte keiner seiner Kollegen den kleinen

Unglücksfall beobachtet. Der Spott in der Polizeikantine wäre ihm für das nächste halbe Jahr sicher. Nur der Hausmeister stand grinsend mit verschränkten Armen hinter der Bande.

„Nu, wer nicht hören kann, muss fühlen", rief dieser ihm hinter her. Fuchs drehte sich um und zeigte ihm den Stinkefinger.

Nach endlosen zwanzig Metern hatte er das „rettende Ufer" erreicht. Aber sein Allerwertester würde ihn noch ein paar Tage schmerzhaft an seinen idiotischen Einfall erinnern.

In der Umkleidekabine des Trainingszentrums kroch bereits Schmitti von der Spurensicherung auf dem Boden herum. Fuchs kletterte unter dem Absperrband hindurch und knurrte seinem Kollegen einen unverständlichen Gruß zu. Dieser schaute nur kurz auf, nickte und vertiefte sich wieder in seine Arbeit. Mit einem leichten Stöhnen beugte sich der Kommissar in Richtung des am Boden liegenden toten Mädchens. Obwohl ihr Gesicht ungeschminkt war, erkannte sie Fuchs sofort: Tanja Wolkow – der neue Stern am Chemnitzer Eislaufhimmel.

Nach dem Sieg bei der deutschen Meisterschaft überschlug sich die hiesige Lokalpresse: Eine neue Kathi sei wie aus dem Nichts emporgestiegen. Was selbstverständlich schamlos übertrieben war. Tanja Wolkow trainierte schon seit dem sie fünf Jahre alt war in der

Chemnitzer Eishalle. Aber die Leute sehnten sich nach solchen Mythen. Nun lag die Eisprinzessin tot auf dem gefliesten Kachelboden. Auch einem abgebrühten Kommissar versetzte der Tod eines so bemerkenswerten Talents einen Stich.

„Nu, wie lautet dein Urteil?", wandte er sich an Schmitti.

„Würgemale am Hals. Eindeut'sch erdrosselt. Genaueres gonsch dir aber erscht…"

„Erst wenn du das Opfer bei Dir daheeme in der Rechtsmedizin auf dem Tische hast", vollendete Fuchs den zum x-ten Mal gehörten Satz seines Kollegen. Er wollte sich schon wieder der Toten zuwenden, als er plötzlich drei laut miteinander streitende Männerstimmen an sein Ohr drangen.

„Lass mich durch!"

„Sie können da nicht rein. Die Polizei ist schon bei ihr."

„Ich muss sie aber sehen!" Ein Mann, so in den Dreißigern mit wirrem Haar, stürzte in die Umkleidekabine. Dabei zerriss das Absperrungsband und fiel schluchzend neben der Toten zu Boden. Im Türrahmen erschienen fast gleichzeitig der alte Hausmeister und ein grauhaariger Mann im Trainingsanzug. Beiden schnauften völlig außer Atem.

„Warum hast du mir das angetan?" Der junge Mann umschlang Tanjas Oberkörper und drückte ihn an seine Brust. Tränen rannen ihn über sein Gesicht. Fuchs war durch den emotionalen Auftritt irritiert. Irgendetwas störte ihn daran.

„Mein Herr, bitte verlassen Sie den Tatort." Der Kommissar packte ihn am Kragen und wollte ihn von der Toten wegziehen. Doch dieser riss sich mit einer heftigen Bewegung los.

„Wissen Sie nicht, wer ich bin?" Mit tränenverschleierten Augen sah er den Kommissar an. Fuchs stutzte. Auch dieses Gesicht kam ihm irgendwie bekannt vor, er konnte es jedoch nicht richtig einordnen. Also wandte er sich mit einem fragenden Blick an den Grauhaarigen im Türrahmen.

„Tobias Kramer, er ist ... er war Tanjas Trainer", verbesserte sich dieser mit knarziger Stimme.

„Und Sie sind?"

„Wilke, Jörn Wilke. Ich bin hier ebenfalls Trainer im Leistungszentrum." Sein Blick wanderte in Richtung der Tote. „Sie war äußerst talentiert."

Fuchs sah ihm an, dass der Tod des Mädchens den alten Trainer ebenfalls sehr mitnahm.

„Talentiert? Wilke, Du bist ein elender Heuchler!" Mit überschlagender Stimme rappelte sich Kramer auf und stürzte sich auf seinen Trainerkollegen. „Durch Tanjas Tod ist der Weg doch endlich frei für deine unbegabten Schützlinge. Für diese Mandy Dorlack oder diese Jenny Haas oder wie sie noch alle heißen. Vielleicht wirst du dann doch einmal Meistertrainer. Wie viele Jahre hast du darauf gewartet? Wird jetzt endlich dein Traum wahr?"

„Quatsch kein Blödsinn!" Wilke lief purpurrot an.

„Ach, Blödsinn? Wie oft hast du mir gedroht den Hals umzudrehen? Dass du aber Tanja …"

„Du beschuldigst mich des Mordes?"

Kopfschüttelnd wandte sich Kommissar Fuchs von der beiden Streithähnen ab. Niemals hätte er sich es vorstellen können, dass zwei Eiskunstlauftrainer sich schlimmer beschimpften, als ein paar besoffene Huren auf dem Straßenstrich. Bis jetzt war Eiskunstlauf für ihn immer eine formvollendete hehre Kunst. Doch langsam kamen ihm Zweifel. Sollte der alte Trainer aus purer Karrieregeilheit das hoffnungsvolle Nachwuchstalent erwürgt haben. Zwar war Fuchs in seiner dreißigjährigen Dienstzeit schon manche Merkwürdigkeit untergekommen, aber Wilke machte einen seriösen Eindruck. Währenddessen der junge Trainer völlig seine Beherrschung verloren hatte und schreiend auf den graubärtigen Mann einhämmert. Später würde er sich die beiden noch einmal einzeln vorknöpfen. Jetzt wollte er sich zunächst ein genaueres Bild vom Tatort verschaffen.

Ächzend kniete er sich neben die tote Eisprinzessin. Sein Steißbein tat ihm immer noch weh. Einer Eingebung folgend untersuchte er zuerst deren Kleidung. Irgendetwas hatte ihm an Kramers pathetischer Umarmung der Toten gestört. Sollte dieser vielleicht ...

Fuchs ließ seine Hand in die Blazertasche des jungen Mädchens gleiten. Tatsächlich. Er ertaste ein Stück Papier. Langsam zog er es heraus und faltete es auseinander. Ein Blick genügte.

„Volltreffer" murmelte Fuchs. Es war das Ergebnis eines Schwangerschaftstestes. Dann stand er auf und ging auf die beiden immer noch tobenden Männer zu.

„Nu, Kramer, den hamse vorhin nicht gefunden." Fuchs hielt den Zettel in die Höhe. Kramer wurde aschfahl.

„Das ... das ist nicht, nach was es aussieht", stotterte er.

„So nach was sieht es denn aus?" Fuchs warf einen demonstrativen Blick auf den Zettel. „Ich finde, was hier steht, ist sehr eindeutig. Tanja erwarte ein Kind und Sie sind der Vater? Nicht wahr?"

Kramer senkte den Kopf und schwieg eine Weile. Dann brach es aus ihm heraus:

„Sie hat mich erpresst. Wollte, dass ich meine Familie verlasse. Mein ganzes bisheriges Leben zerstören…"

„Und da haben Sie sie umgebracht. "

Kramer wollte etwas erwidern. Doch dann besann er sich eines Anderen und senkte nur den Kopf. Schließlich nickte er fast unmerklich.

„Mensch Kramer, sie war erst achtzehn Jahre alt und hatte ihr ganzes Leben noch vor sich. Sie haben es aus egoistischen Gründen zerstört."

Kramer warf einen letzten traurigen Blick auf die Tote.

„Sie war wirklich ein einmaliges Talent", sagte er leise. Dann ließ er sich widerstandslos von dem Kommissar abführen.

# Die Königin der Geigen

*Halle (Saale)*
*Mittwoch, 14. Juni von 21.26 Uhr*
*bis Donnerstag, 15. Juni 13.02 Uhr*

Klaus' Blick glitt über die hohen Regalwände der Lagerhalle hinweg. Sie waren vollgestopft mit alten sowie fabrikneuen Computern, Autoteilen, Handys verpackt und unverpackt. Vom alten Röhrenfernseher bis zum neusten Smart-TV fand man hier alles. In den nächsten Regalreihen stapelten sich kitschige Ölgemälde, verstaubte Bücher und erotische Marmorskulpturen. Nichts fehlte, was nicht irgendjemand für irgendetwas gebrauchen konnte.

Am Ende des langen Ganges saß hinter einem massigen Eichenschreibtisch der Herr dieser Schätze: Otto, der Große. Der nicht einmal ein Meter sechzig große Mann, trug den Namen weiß Gott nicht aufgrund der körperlichen Gestalt. Diesen verdiente er einzig und allein wegen seines legendären Rufes in der mitteldeutschen Unterwelt. Wer irgendwo in dieser Gegend seine geklaute Ware loswerden wollte, kam an Otto nicht vorbei. Offiziell betrieb er einen An- und Verkauf-Laden. Doch in dem Lagerraum durfte sich wohl kaum ein legal erworbener Gegenstand befinden.

Berühmt war Otto außerdem für die Vergabe gezielter Aufträge. Für jeden Einbrecher war es eine Auszeichnung von dem „Hehlerkönig aus Halle", so war Ottos zweiter Titel, ausgewählt zu werden. Dementsprechend nervös war Klaus. Schritt für Schritt näherte er sich dem monströsen Schreibtisch. Hinter dem geöffneten Laptop blitzte nur Ottos Glatze hervor. Das harte Klackern der Tastatur verriet, dass der „Hehlerkönig" schwer beschäftigt war. War es unhöflich, den Mann bei seiner Tätigkeit zu stören? Klaus entschied sich zunächst für ein leises Räuspern. Doch „Otto der Große" schaute nicht eine Sekunde in seine Richtung. Also räusperte sich Klaus etwas vernehmlicher.

„Ich hab' schon mitbekommen, dass du hier bist." Der Glatzkopf schlug den Laptop zu und musterte ihn durch seine dicken Brillengläser. Klaus hatte das Gefühl nackt vor ihm zu stehen. Nervös trat er von einem Fuß auf den anderen, ehe er den Mund auftat.

„Du … du hast einen Auftrag für mich, Boss?", stotterte er.

„Na rat mal, warum ich dich herbestellt habe." Otto stand auf und beugte sich über den Schreibtisch. „Ich hoffe, du bist de facto so gut, wie man sich erzählt."

„Ich werde mein Bestes geben" versicherte Klaus mit einer bemühten festen Stimme.

„Das musst du auch, mein Junge, wenn nicht sogar mehr als dies. Denn ob du es glaubst oder nicht, die Sache, die ich geplant habe, wird ein ganz großes Ding. Und wahrlich, es wird sich für uns beide lohnen." Ein breites Grinsen strahlte über Ottos Vollmondgesicht.

Gespannt warte Klaus auf Ottos weitere Ausführungen. Sollte er etwa in den neueröffneten Juwelier am Markt einsteigen oder vielleicht ein Gemälde aus der Moritzburg klauen. Bei solchen Aktionen hatte er schon etliche Erfahrungen gesammelt.

Otto zog aus einem chaotischen Stapel eine Zeitung hervor. Er schlug sie auf, suchte einen Moment und zeigte letztendlich auf einen grauhaarigen Mann mit Geige. Darüber stand die Überschrift:

*Der berühmte Violinist Sascha Stein spielt bei den diesjährigen Händelfestspielen in Halle.*

Klaus starrte auf die Überschrift, starrte auf das Bild, wieder auf die Überschrift, zuletzt glotzte er Otto mit großen Augen an.

„Ich versteh nicht, was solln wir mit so 'nem ollen Fiedler?"

„Wie blöd bist du denn? Es geht nicht um den Fiedler, sondern um sein Instrument. Das ist eine echte Stradivari! Die Königin der Geigen! Dafür bekommen wir zwei Millionen."

Klaus Mund blieb offen stehen. Zwei Millionen! Er brauchte ein paar Sekunden, um den Sinn hinter dieser abstrakten Zahl zu verstehen. Zwei Millionen! Da würde sein Anteil mehrere Hunderttausende betragen. Sein Herzschlag verdoppelte sich. So ließ sich mancher seiner Träume verwirklichen.

Otto tauchte hinter dem Schreibtisch ab, kramte eine Weile herum und knallte dann einen Werkzeugkoffer auf den Tisch. „Ich habe alles genau geplant. Morgen so gegen elf gehste getarnt als Klimatechniker in die Konzerthalle." Otto öffnete den Werkzeugkoffer, holte einen blauen Kittel und eine Plastikkarte hervor. Klaus konnte darauf den Namen „Klimatech" erkennen.

„Die haben dort ständig Probleme mit der Klimaanlage", fuhr Otto fort. „Es wird also nicht weiter auffallen, wenn du an irgendetwas rumschraubst. Wenn dann die Probenpause beginnt, kommt deine große Stunde. Dir muss es irgendwie gelingen an die Geige heranzukommen. Anschließend machste so schnell wie möglich die Fliege."

„Und wenn ich erwischt werde?" Klaus betrachte skeptisch den Kittel und Werkzeugkoffer.

„Musst halt clever sein. Denk an die zwei Millionen!"

Am nächsten Vormittag stellte Klaus seinen Wagen im Parkhaus in der Brauhausstraße ab. Er hatte die ganze Nacht nicht geschlafen. In seiner Vorstellung malte er sich immer wieder den bevorstehenden Luxusurlaub auf Teneriffa aus. Oder sollte er vielleicht lieber in die Karibik reisen? Egal, Hauptsache Strand, schnelle Autos und heiße Mädels. Doch vor dem Vergnügen hatte Gott erst mal den Schweiß gesetzt!

Klaus schnappte sich den Werkzeugkoffer und schlenderte in Richtung Bühneneingang der Konzerthalle. In der Pförtnerloge saß ein stiernackiger Hüne, der ihn misstrauisch musterte.

„Ich bin von der Firma Klimatech und muss die Klimaanlage kontrollieren."

„Ich weeß von nüscht", knurrte der Pförtner unfreundlich.

„Eine reine Routineuntersuchung, die aller paar Wochen fällig ist", entgegnete Klaus schnell und zückte den gefälschten Ausweis. Der massige Riese betrachte eine Weile die Plastikkarte. Immer wieder wechselte sein Blick zwischen Ausweis und Klaus hin und her. Dieser lächelte verlegen. Schließlich knurrte der Fleischklops etwas Unverständliches und drückt auf den Einlassknopf.

Unsicher sah Klaus sich um: Wo war nun

der verdammte Probenraum? Diese langge-
streckten Gänge mit den Türen sahen alles
gleich aus. Doch plötzlich hörte er aus der Ferne eine engelsgleiche Musik. Folge dem Klang,
hatte ihm Otto geraten. Das tat er nun. Vor einer schweren Holztür blieb Klaus stehen. Vorsichtig drückte er die Klinke herunter. Zusammen mit dem Orchester spielte Sascha Stein
voller Leidenschaft sein Instrument. Klaus hielt
den Atem an. Die Schönheit der Musik zog ihn
sofort in seinen Bann. Wie von magischer
Hand gezogen betrat Klaus den Raum und
setzte sich auf einen der Plätze nahe der Tür.
Versonnen ließ sich Klaus von der Herrlichkeit
der Musik verzaubern.

Als der letzte Ton verklungen war, schreckte
Klaus hoch. Der Dirigent sagte ein paar Worte,
doch die Musiker hörten ihn schon nicht mehr
zu. Sie eilten an Klaus vorbei und verließen türenschlagend die Konzerthalle.

Jetzt waren nur noch er und Stein in dem
Konzertsaal. Klaus sah sich nach einer Boden-
klappe um und öffnete diese zur Tarnung. Stein
behielt er jedoch im Blick. Der Geiger notierte
etwas in seine Noten. Langsam wurde Klaus
nervös: Wollte Stein denn gar nicht in die Pause
gehen? Notfalls musste er dem Geiger eins
über die Rübe ziehen. Damit stieg zwar die Gefahr entdeckt zu werden, doch bei dem in Aus-

sicht stehenden Gewinn, war kein Risiko zu groß. Allerdings war Klaus erleichtert, als Stein endlich die Noten beiseite legte. Dieser stand auf, legte die Stradivari in den Instrumentenkoffer und schlenderte pfeifend aus dem Saal.

Klaus wartete, bis die Tür hinter dem berühmten Virtuosen ins Schloss fiel. Jetzt sprang er blitzschnell aufs Podium, schnappte sich die Geige und verstaute sie in die leere Werkzeugtasche. Dann eilte Klaus zügigen Schrittes bis zur Saaltür, öffnete diese und atmete einmal tief durch. Jetzt musste er ganz langsam gehen, sonst würde er Verdacht erregen. Obwohl sein Herz bis zum Hals schlug, schlenderte er gelassen den Gang entlang, bog zur Pförtnerloge ein …

Der riesige Kerl stand plötzlich vor ihm. Er durchbohrte ihn mit einem misstrauischen Blick.

„Na schon fertig?" Seine ruppige Stimme klang mehr als bedrohlich.

„Ja nur ein paar Messungen. Ging ruckzuck." Klaus bemühte sich um einen möglichst unbefangenen Tonfall. „Eh Alter, ich wünsche dir noch 'nen guten Tag." Dann schob er sich an den Riesen vorbei.

Kaum spürte Klaus nicht mehr die Blicke des Riesens in seinem Rücken, rannte er los. Erst als Klaus im Wagen saß, atmete er durch.

Otto der Große hockte immer noch hinter dem Schreibtisch, so als hätte er sich seit gestern Abend nicht von der Stelle gerührt. Der einzige Unterschied, dass nun neben dem Laptop ein altes Kofferradio stand. Dieses dudelte irgendwelche Schlager aus den Siebzigern. Während der Hehler die Melodie mitsummte, stellte Klaus vorsichtig die Werkzeugtasche auf den Schreibtisch. Dann nahm er die Stradivari heraus.

„Da haben wir ja das kostbare Stück." Otto nahm das Instrument und betrachtete es von allen Seiten. Die Augen der beiden Männer bekamen einen ehrfurchtsvollen Glanz.

„Herr Stein, heut Mittag sind Sie Opfer eines besonders dreisten Diebstahls in der Konzerthalle geworden. Ihre Stradivari …" Fast gleichzeitig fuhren die Köpfe der beiden Ganoven in Richtung des Radios.

„Keine Sorge. Meine Stradivari liegt noch wohlbehalten im Hotelsafe. Für die Proben benutze ich immer ein preiswertes Übungsinstrument."

Für einen Augenblick hörte man außer dem Gequatsche im Radio keinen einzigen Laut in der Lagerhalle. Fassungslos sahen die beiden Männer auf die Geige. Dann warf Otto mit einem Wutschrei das Instrument auf den Boden.

Wie ein wild gewordenes Männchen trampelte er auf diesem herum. Der Traum von zwei Millionen hatte sich gerade in Luft aufgelöst.

# Verlockende Erbschaft

*Berlin-Charlottenburg*
*Montag, 5. November von 7.22 Uhr*
*bis 8.03 Uhr und Freitag 23. November*
*von 14.01 Uhr bis 14.37 Uhr*

Regentropfen platterten unablässig auf das Fensterbrett. Udo stand direkt hinter der Gardine und starrte auf die Pfützen, die sich auf dem Gehweg bildeten. Passanten, versteckt unter schwarzen Regenschirmen, eilten den Kudamm entlang zur Arbeit. Alles war grau in grau. Typisch November - das richtige Wetter zum Sterben.

Er wandte sich wieder dem Geschehen im Schlafzimmer zu. Doris, seine Schwester, die neben dem Bett des Vaters auf einem Sessel saß, war endlich eingeschlafen. Sie hatte die ganze Nacht gewacht. Während Udo sich immer mal wieder verdrückt hatte, um eine Zigarette zu rauchen. Eigentlich hatte er die ganze Zeit auf einen günstigen Augenblick gewartet, dies zu vollenden, was ihn schon wochenlang herumtrieb. Aber das Risiko war zu groß, solange sein windiger Schwager noch im Haus herumwieselte. Erst vor einer halben Stunde hatte sich dieser verabschiedet. Er müsse jetzt nach Hause, die Kinder wecken, damit sie pünktlich zur Schule kamen. Das hätte seinen

Schwager auch schon etwas eher einfallen können.

Udo schlich behutsam zum Bett. Der alte Mann lag fast regungslos da. Nur das Heben und Senken seines Oberkörpers zeigte an, dass er weiterhin atmete. Vor ein paar Stunden hatte der Arzt bereits gesagt, dass es zu Ende ging. Mittlerweile warteten sie schon eine Ewigkeit darauf, dass der Alte endlich den Geist aufgab. Vorher musste Udo unbedingt die Sache mit dem Testament durchziehen. Viel Zeit blieb ihm nicht mehr.

Udo warf einen weiteren Blick auf seine Schwester. Sie schien fest zu schlafen. Jedenfalls bezeugten dies ihre unerträglichen Schnarchgeräusche.

Udo hatte immer wieder die Umsetzung seines Planes herausgezögert. Tage und Wochen waren verstrichen. Aber so ein Testament zu fälschen war zugegebenermaßen keine Kleinigkeit. Stellte er sich dabei zu dilettantisch an und die Sache flog auf, konnte er durchaus für ein paar Jahre in den Knast einfahren. Darauf verspürte Udo keinerlei Lust. Bis jetzt hatte er sich noch nie in sein Leben etwas Strafbares geleistet. Aber er konnte doch nicht so ohne Weiteres seiner selbstgefälligen Schwester den Sieg überlassen.

Udo verließ auf leisen Sohlen das Sterbezimmer. Im Flur, neben der Garderobe, stand seine Aktentasche. Er öffnete diese und holte vorsichtig ein Schreiben aus einer Klemmmappe hervor. Zufrieden betrachtete er das Stück Papier. Die Fälschung war ihm wirklich gut gelungen. Die Vorarbeiten hatten ihm viel Kraft und Nerven gekostet. Zum Glück fanden sich in einem abgelegten Karton einige alte Briefe seines Vaters. Diese hatte er sich vorgenommen und Udo studierte daraufhin bis ins kleinste Detail des Vaters Schrift. Der ausgeprägte Kringel beim „W", der spitze Haken beim auslaufenden „m". All diese Besonderheiten trainierte Udo mit einer wachsenden Verbissenheit. Es dauerte Stunden über Stunden. Nie war er ganz zufrieden. Aber nach all den Mühen war ihm ein fast perfektes Ergebnis gelungen. Keinem, nicht einmal seiner Schwester, würde auffallen, dass es nicht die Schrift des Vaters war. Natürlich würde sie bei der Testamentseröffnung Gift und Galle spucken, aber das war ihm egal. Er hatte noch nie ein besonders gutes Verhältnis zu seiner Schwester.

Udo stellte die Aktentasche wieder ab und schlich mit dem Schriftstück in der Hand in das Arbeitszimmer des Vaters. Er musste aufpassen, einige der alten Dielen knarren schrecklich. Es wäre nicht auszudenken, wenn gerade jetzt Doris ihn erwischen würde. Aber er kannte sich aus und konnte die gefährlichen Stellen umgehen. Schließlich war er in dem Haus aufgewachsen. Beruhigend vernahm er aus dem Nachbarzimmer immer noch das leise Schnarchen seiner Schwester.

Vor ein paar Wochen hatte sie ihm triumphierend das originale Testament des Vaters unter die Nase gehalten. Mit einem Schlag wurde es ihm offenbart: Er erhält nichts und seine Schwester alles!

Doris und ihr schmieriger Mann hofften nun, dass sie das Vermögen des Vaters verprassen konnten. Ein neues Haus, ein schnittiger Sportwagen und sündhaft teure Klamotten standen gewiss ganz oben auf deren Wunschzettel. Aber diese Suppe würde er ihnen gehörig versalzen.

Nun gut, seit der Scheidung der Eltern hatte Udo den Kontakt zu seinem Vater nur auf das Nötigste beschränkt. Wenn er mal knapp bei Kasse war, hatte er sich immer wieder Geld bei ihm geborgt und nie zurückgezahlt. Warum auch? Sein Vater hatte genug und war schließlich sein Erzeuger. Seine Schwester hatte sich dagegen die ganze Zeit um ihn gekümmert. Kein Wunder - Sie war schon immer Papas Liebling.

„Mein Dorilein." Udo hörte noch deutlich die Stimme des Alten. Seine Schwester hatte es immer verstanden den sturen Dickschädel um den Finger zu wickeln. Während er ihn immer nur traktiert hatte. „Udo du musst mehr aus deinem Leben machen." Wie er diesen hundertmal gehörten Spruch hasste.

Eines der Dielenbretter knarzte fürchterlich. Verdammt jetzt hatte er doch nicht aufgepasst! Udo hielt vor Schreck den Atem an. Zwar hatte seine Schwester mit dem Schnarchen aufgehört, aber ansonsten drang kein Geräusch von nebenan zu ihm. Noch ein paar Schritte bis zum Schreibtisch und dann war er seinem Ziel ganz nah. Vorsichtig zog Udo die Schublade auf. Hier herrschte das blanke Chaos. Stromabrechnungen lagen vermischt mit Handyverträgen. Udo schob vorsichtig ein Papier nach dem anderen beiseite. Endlich, er erkannte das Testament sofort. Es befand sich, gut versteckt, unter ein paar unwichtigen Unterlagen. Behutsam tauschte er die beiden Schriftstücke aus.

Plötzlich hörte er aus dem Nebenraum Geräusche. Ein Sessel wurde beiseite gerückt, ein Schrei, Schritte …

Schnell schob Udo die Schublade des Schreibtischs zu, zerknüllte das originale Testament und steckte es in die Hosentasche.

Die Tür wurde aufgerissen. Doris stand mit verheulten Augen im Türrahmen.

„Vater ist tot!"

„Hiermit vererbe ich mein gesamtes Vermögen an meinen einzigen, geliebten Sohn Udo …"

Der Notar las mit monotoner Stimme das aufgefundene Testament vor. Udo konnte es sich nicht verkneifen zu seiner Schwester herüber zublinzeln. Er sah, wie ihr nach und nach die Gesichtszüge entglitten. Eine gefährliche Röte stieg ihren Hals empor. Udo grinste still in sich hinein. Jeden Augenblick würde Doris explodieren.

„Herr Udo Wagner, sind Sie bereit das Erbe ihres Vaters anzutreten?" Ein Gefühl des Triumphs breitete sich seinem ganzen Körper aus. Udo zögerte einen Augenblick, dann straffte er sich und sagte mit fester Stimme:

„Ja, ich bin bereit."

„Das ist eine Unverschämtheit! Betrug!" Doris sprang auf, schnappte sich ihre Handtasche und raste türenknallend aus dem Zimmer. Udo schaute ihr lächelnd hinter her. Er drückte dem Notar die Hand. Beschwingt, eine Melodie pfeifend, verließ er ebenfalls das Büro.

Im Vorsaal unterhielt sich seine Schwester mit einem unbekannten Mann. Merkwürdig, ihre Wut schien völlig verflogen. Als der Mann Udo erblickte, löste er sich von Doris und ging auf ihn zu.

„Rechtsanwalt Bach, ich vertrete die Interessen der Gläubiger Ihres Vaters." Er streckte Udo die Hand entgegen. Diese ignorierte ihn und sah den Rechtsanwalt fassungslos an.

„Mein Vater hatte Schulden?", stotterte Udo. Der Anwalt lächelte verbindlich und kramte aus seiner Aktentasche ein Schriftstück hervor.

„Er ist vor gut einem Jahr in die Insolvenz gegangen und als sein Erbe sind Sie jetzt verpflichtet für seine Schulden aufzukommen." Bach hielt ihm das Papier direkt unter die Nase. Unwillkürlich schob Udo die Hand des Rechtsanwalts beiseite. Er konnte die Worte des Anwalts gar nicht erfassen. Er hat nichts als Schulden geerbt? Mechanische verabschiedete er sich von dem Anwalt. Bevor er die Ausgangstür erreicht hatte, versperrte ihn Doris lächelnd den Weg.

„Na Bruderherz, damit hast du nicht gerechnet. Ich musste nur den richtigen Köder auslegen und schon war ich das lästige Testament los. Deine verdammte Gier hat mir den Kopf gerettet." Lachend ließ sie Udo stehen und verließ das Notariat.

# Ein netter Nachbar

*Chemnitz*
*Sonntag, 27. April von 1.27 Uhr bis 8.43 Uhr*

„D ie Bedingung für den Verkauf des Hauses war, dass du nichts an dem Gebäude veränderst. Und was hast du getan?"

„Willst du mir drohen! An deinen Händen klebt Blut. Ich werde jetzt die …"

Gunda schreckte in ihrem Bett hoch. Es war stockdunkel. Also war es noch mitten in der Nacht. Sie brauchte einen Augenblick, um sich zu orientieren. Hatte sie dies gerade nur geträumt oder stritten sich wirkliche zwei Männer auf dem Nachbargrundstück. Gunda lauschte angestrengt. Aber außer ein leises Rascheln war nichts mehr zu hören. Ihr Hubert, Gott hab ihn selig, hatte schon recht: Sie sollte vor dem Schlafengehen keinen blutrünstigen Krimi lesen. Davon bekam man schlechte Träume. Aber, wenn es nun kein Traum war. Gunda brauchte Gewissheit.

Mit einem Ächzen schwang sie sich aus dem Bett, huschte in ihre Pantoletten und schlurfte zum Fenster. Durch den geöffneten Spalt schlug ihr kalte Nachtluft entgegen. Das Nachbargrundstück war menschenleer. Doch da war wieder dieses Rascheln im Gebüsch. Bestimmt nur ein Vogel, der nach irgendwelchen Würmern suchte. Gunda wollte schon das Fenster schließen, da hielt sie inne. Zwischen den Sträuchern am Zaun ihres Grundstückes huschte ein dunkler Schatten vorbei. Im nächsten Moment war nichts mehr zu sehen. Sicher war es nur eine optische Täuschung.

Gunda starrte noch ein paar Sekunden in die Dunkelheit. Doch sie entdeckte nichts weiter Verdächtiges. Zu guter Letzt verriegelte sie das Fenster und ging langsam zurück zu ihrem Bett. Gunda kuschelte sich in ihre warme Bettdecke und war nach wenigen Minuten wieder sanft eingeschlummert.

Diesmal waren es die Strahlen der Sonne, die Gunda weckten. Ein Blick auf den Wecker verriet ihr, sie hatte verschlafen. Hastig sprang sie aus dem Bett. Dann fiel ihr ein, dass heute ja Sonntag war und sie nicht einmal zum Einkaufen gehen musste. Einer der wenigen Abwechslungen, die sie in ihrem recht eintönigen Rentnerleben hatte, seitdem ihr Hubert vor nun schon fast drei Jahren verstorben war. Bis vor Kurzem hielt sie ab und an mit ihrem netten Nachbarn, dem Herrn Wrede, ein Pläuschchen. Aber seit der sein Haus verkauft hatte, war das auch vorbei. Mit dem neuen Nachbarn kam sie nicht klar. So ein junger Typ. Woher der das Geld für die alte schöne Villa hatte, war ihr schleierhaft.

Gunda beschloss den Tag in Ruhe anzugehen: Erstmal ein Käffchen trinken und dabei in ihren spannenden Krimi schmöckern.

Polizeisirenen rissen Gunda aus ihrer gemütlichen Lektüre. Sie eilte zum Fenster. Überall war Blaulicht. Normalerweise war es hier, unterhalb vom Küchwald, eine ruhige Gegend. Es musste irgendetwas Schlimmes passiert sein. Gunda schnappte sich ihren Mantel und stürmte aus der Haustür. Eine ziemliche große Traube von Menschen hatte sich inzwischen vor dem Nachbarhaus gebildet.

„Nun lasst mol die Muddi dursch." Gunda schob energisch die Neugierigen beiseite. Einige murrten zwar, trotzdem hielt niemand die alte Dame auf. Was Gunda dann erblickte, ließ sie erstarren. Nur wenige Meter von ihr entfernt lag im Vorgarten des Nachbarhauses ein junger Mann. Um seinen Kopf hatte sich eine Blutlache gebildet. Eindeutig kam jede Hilfe zu spät.

„Oh Gottel ne, das ist ja der Herr Bolz!", rief sie aus und schlug sich die Hände vors Gesicht. Aus der Gruppe der den Fall betreuenden Polizisten löste sich ein großgewachsener gutaussehende Mann mit grauen Schläfen. Wäre Gunda zwanzig Jahre jünger, wäre sie für kleinen Flirt mit ihm durchaus aufgeschlossen.

Aber die Zeiten waren ja leider vorbei. Er kam direkt auf sie zu und Gunda errötete leicht, als er sie ansprach.

„Sie kannten den Toten?" Die tiefe Stimme des Mannes strahlte eine gewisse Autorität aus, die Gunda ebenfalls sehr gefiel.

„Nu glor, Herr Kommissar. Des is mei Nachbor. Ich wohn' glei nebenan." Sie strahlte den Ermittler an und wies mit einer Handbewegung auf ihr Häuschen.

„Können Sie mir etwas näheres über den Toten sagen." Der Kommissar zückte sein Notizbuch. Gunda warf einen scheuen Blick zu dem Toten. Sollte sie wirklich ehrlich auspacken, was sie über ihren neuen Nachbarn dachte. Aber schließlich war sie der Wahrheit verpflichtet.

„Über Dode soll man ja nichts Schlechtes erzähln", begann Gunda vorsichtig. „Aber ich sag ihn mal eens, der Herr Bolz, der passte ni hier her."

Fragend schielte der Kommissar über sein Notizbuch.

„Vor einem halben Jahr hat er die alte Villa gekauft. Kaum war er eingezogen, ging das Offentheater los. Jeden Abend Party, immer viel Alkohol und … Es solln sogar Drogen im Spiel gewesen sein." Gunda stützte die Arme in die Seite. „In dem Milieu sollten Sie ermitteln, Herr

Kommissar. In der Gegend rum um den Nischel oder im Heckert. Aber doch ne hier!"

In dem Moment kam aufgeregt eine junge Polizistin aus der alten Villa gerannt.

„Herr Kommissar, Wir haben im Keller etwas entdeckt."

„Die Mordwaffe?" Er klappte sein Notizbuch zu.

„Nein, etwas anderes."

„Ich danke Ihnen für Ihre Auskünfte." Wandte er sich nochmal Gunda zu, dann ließ er sie jedoch einfach stehen und eilte seiner Kollegin nach.

„Ober Sie wissen doch noch gar ni alles", rief Gunda ihm hinterher. Sie konnte ihre Enttäuschung kaum verbergen. Dabei hatte sie doch dem schmucken Kommissar noch so viel zu erzählen: Zum Beispiel wie nett der Vorbesitzer, der Herr Wrede, war. Obwohl der es beileibe nicht leicht im Leben hatte. Wenn Gunda sich dran erinnerte, wie ihr netter Nachbar am Boden zerstört war, als vor zehn Jahren seine Frau mit 'nem Wessi durchgebrannt war, kamen ihr noch heute die Tränen. Die Schlampe hatte sich nie wieder blicken lassen. Das hatte der Herr Wrede wirklich nicht verdient. Schade, dass der Herr Kommissar nichts von ihren Hintergrundinformationen wissen wollte. In ihren Kriminalromanen führt das Wissen der

Zeugen immer zur Überführung des Täters. Möglicherweise sollte der Herr Kommissar mehr Krimis lesen. Da dieser aber nicht zurück aus der Villa kam, schien er ihre Hilfe nicht weiter zu benötigen. Dann behielt sie halt alles für sich! Mit hocherhobenem Haupt stolzierte sie zurück zu ihrem Haus.

Doch was war das? Eine dunkle Gestalt bewegte sich in ihren Rosenbüschen. Erst gestern hatte sie diese beschnitten. Die Gestalt schien etwas zu suchen. Gunda schlich sich von hinten langsam an.

„Da ist er ja", murmelte der Unbekannte.

„Wos machen Sie denn da?" Erschrocken sprang der Mann auf. In der Hand hielt er einen Hammer. Ensetzt bemerkte Gunda die Blutspuren an der Spitze des Hammerkopfes. Dann erst erkannte sie den Unbekannten.

„Herr Wrede?"

„Ich habe Bolz gesagt, dass er nichts am Haus verändern darf. Vor allem nichts im Keller! Warum hat er sich nicht dran gehalten?" In seinen Augen bemerkte Gunda irres Flackern. Er schien sie gar nicht bewusst wahrzunehmen. Mit einem Wutschrei riss Wrede den Hammer hoch. Gunda schloss die Augen und erwarte das Unvermeidliche.

„Legen Sie sofort den Hammer beiseite."

Gunda atmete auf, als sie die sonore Stimme

des Kommissars erkannte. Sie öffnete die Augen und sah, wie der Kommissar seine gezogene Pistole auf Wrede richtete. Dieser stand regungslos da, den Hammer immer noch bedrohlich in der Luft.

„Das ist der Herr Wrede, der ehemalige Besitzer des Hauses", stotterte Gunda völlig geschockt. Der Kommissar nickte.

„Nehmen Sie den Hammer runter, Wrede! Wir haben in einer aufgebrochenen Wand im Keller Teile eines menschlichen Skeletts gefunden. Können Sie uns etwas dazu sagen?"

"Das ist meine Betty." Wrede senkte weinend den Hammer.

„Dann ist sie also gor ni mit dem Wessi durchgebrannt." Entsetzt sah Gunda ihren ehemaligen Nachbarn an. Seit Jahren hatte sie neben einem Mörder gelebt. Aber nun hatte sie wenigstens ihren Teil dazu beigetragen diese Bestie zu überführen.

# Weihnachtsmann auf der Flucht

*Rostock*
*Dienstag, 22. Dezember von 20.07 Uhr bis 20.32 Uhr*

L eise rieselte der Schnee. Genau wie in dem bekannten Weihnachtslied, dachte Hein und wischte sich die kalten Eiskristalle aus dem Gesicht. Kein Grund sentimental zu werden. Dies konnte er sich jetzt nicht leisten. Er musste die Sache so schnell wie möglich über die Bühne ziehen. Hein brauchte mal wieder etwas „Kleingeld". Sein Dispo war vollkommen ausgeschöpft und das vor den Festtagen.

Hastig schaute er sich um. In dem Hinterhof, in dem sich die Lagerhalle befand, war weit und breit keine Menschenseele zu sehen. Nur aus einem der Fenster im Vorderhaus strahlte das flackernde bläuliche Licht eines Fernsehers herüber. Außerdem waren in der vierten Etage zwei Fenster erleuchtet. Ein Mann und eine Frau stritten sich über das passende Geschenk für die Schwiegermutter. Sie warfen bestimmt keinen Blick in den Hinterhof. Falls doch, wären sie sicher irritiert darüber, warum sich der Weihnachtmann mit einem Bolzenschneider an der Tür des Lagerhauses zu schaffen macht.

Aber, no risk, no fun – wie es so schon auf neudeutsch heißt. Hein setzte den Bolzenschneider an die Eisenkette. Er wollte schon den Druck auf die beiden Hebel verstärken, doch waren die weiten Ärmel des Mantels ihm im Weg. Hein fluchte leise. Ursprünglich hatte er die Verkleidung als Weihnachtsmann für eine gute Idee gehalten. Jetzt war dieses blöde Kostüm mehr als hinderlich. Genervt legte er den Bolzenschneider beiseite und krempelte die Ärmel hoch. Dann nahm er das Werkzeug wieder auf, setzte es erneut an und verstärkte den Druck. Mit einem Knacken gab das Metall nach. Beide Kettenenden fielen klirrend zu Boden. Angespannt lauschte er. Stille. Nur vom Neuen Markt klangen Weihnachtslieder herüber.

*O du Fröhliche!*

Vorsichtig schob Hein die Türflügel des Lagerraums auf. Für einen Moment blieb ihm der Mund offenstehen. Dunnerlittchen - Kalles Tipp war tatsächlich Gold wert! Bis zur Decke waren die Kartons mit Unterhaltungselektronik gestapelt. Sein alter Kumpel hatte eine Zeitlang im Kaufhaus als Aushilfe gearbeitet.

„Kannst mir glooben, die haben den Lagerraum für die Vorweihnachtszeit angemietet. Nur die beste Ware! Hein, du musst nur zugreifen. Wenn du anschließend die Sachen im Internet verkloppst, ist das leicht verdientes Geld."

Natürlich wollte Kalle einen Anteil haben. Das war okay. Hein ließ den Bolzenschneider in seinem Weihnachtsmannsack verschwinden und betrat die Lagerhalle. In diesem Augenblick schrillte die Alarmanlage. Verdammt ein Bewegungsmelder! Warum hatte Kalle, der Idiot, ihn nicht vorgewarnt. Jetzt musste er cool bleiben. Er wollte auf keinen Fall ohne Beute von dem Raubzug zurückkehren. Die Kohle aus dem Verkauf war schon längst verplant. In Heins Kopf ratterten die Gedanken. Die nächste Polizeiwache war sieben Minuten entfernt. Ihm blieb also nicht viel Zeit. Hein stürmte zu dem nächstgelegenen Regal und riss einen Karton heraus. Computertastaturen - brachte nicht so viel. Hein rannte weiter. Nächstes Regal - Toaster. Verdammt wer will schon so einen billigen Ramsch. Weiter. Wieder schnappte sich Hein eine Verpackung. Smartphone einer bekannten Firma. Ein Lächeln huschte über Heins Gesicht. Genau das, wonach er gesucht hatte. Schnell ließ er einen Karton nach dem anderen in dem Sack verschwinden.

„Wat is denn for en Krach hier?", tönte es aus einem der Fenster aus dem vierten Stock. Das war das Warnsignal für Hein. Er musste weg. Hastig schnürte er den Sack zu, schwang ihn über den Rücken und stürmte los.

„Ich ruf die Polizei", meldete sich noch ein-

173

mal die Stimme aus dem vierten Stock. Aber Hein kümmerte sich nicht weiter darum. Er rannte durch den Hausflur des Vorderhauses, stieß die Tür auf und stand in einer schmalen Gasse. Wegen des Weihnachtsmarktes war die ganze Rostocker Innenstadt für Autos gesperrt. Aber wofür gab es die gute alte Straßenbahn. Er musste bloß noch zu ihr kommen und dies möglichst unauffällig. Hein hatte die Flucht gut geplant. In diesen Tagen war ein Weihnachtmann mit Sack auf dem Rücken die beste Tarnung.

*Santa Claus is coming.*

Hein rannte die Gasse hinunter. Aus der Ferne hörte er bereits die Sirenen der Polizeiwagen. Der Typ aus dem vierten Stock hatte seine Drohung wahr gemacht. Hein verschärfte das Tempo, aber der Mantel und der schwere Sack war ständig im Weg. Schweiß rann ihm bereits in Strömen über die Stirn. Aber am schlimmsten war der angeklebte Bart, der höllisch juckte. Inzwischen hatte Hein die Kröpeliner Straße erreicht. Auf dem auch noch um diese Zeit gut besuchten Einkaufsboulevard, konnte er sich leicht unter die Leute mischen.

„Wiehnachtsmann, wat peste so durch Roschtok?", pflaumte ihn ein Betrunkener an, den Hein versehentlich angerempelt hatte. Der Typ hatte recht. Ein Weihnachtsmann rannte nie durch die Gegend. Höchstens wenn er mit seinem Rentierschlitten durch die Lüfte flog. Demzufolge beherrschte Hein seine aufkommende Panik und stampfte nun behäbig durch den Schnee.

Endlich hatte er den Neuen Markt erreicht. Dort, hinter dem Weihnachtsmarkt, lag die Straßenbahnhaltestelle - Die einzige Chance der Gefahrenzone zu entkommen. Über dem Neuen Markt lag ein Duft von gebrannten Mandeln und Bratäpfeln. Dafür hatte Hein keinen Sinn. Sein Blick irrlichterte umher. Er erstarrte. Nur zwanzig Meter von ihm entfernt standen zwei Bullen. Auch sie sahen sich um. Wahrscheinlich hatten sie schon eine Personenbeschreibung: Gesucht - Weihnachtmann mit gefülltem Sack.

Bisher hatten sie ihn nicht bemerkt. Hein schlängelte sich durch die Menschenmenge. Da bog eine Straßenbahn um die Ecke. Hein spurtete los. Er meinte schon, den heißen Atem der Bullen im Nacken zu spüren. Es waren noch zehn Meter, fünf, drei …

Direkt vor seiner Nase schlossen die Türen. Hein ließ sich auf eine Bank an der Haltestelle fallen und stellte den Sack ab. Zum Glück waren die Bullen nirgends zu sehen.

„Heb du en harten Dag?" Hein blickte auf. Ein zweiter Weihnachtsmann lächelte ihn an. Direkt neben ihm lag dessen Sack.

„Geht so" knurrte Hein so ungnädig, sodass der „Kollege" sich ein weiteres Gespräch verkniff. Nervös späte Hein in die Richtung, woher die nächste Bahn kommen musste. Nichts war zu sehen. Stattdessen entdeckte er auf der gegenüberliegenden Straßenseite die beiden Bullen, die immer noch nach irgendwas Ausschau hielten. Zum Glück bog in diesem Moment die erwartete Bahn um die Ecke. Hein sprang auf, schnappte sich den Sack und stürzte ins Innere der Tram.

„Das war knapp!" Hein atmete erleichtert auf. Er hob den Sack an. Irgendetwas war anders. Er öffnete ihn und mit Entsetzen sah er eine Ansammlung leerer Pfandflaschen.

*Fröhliche Weihnacht überall!*

# Mansfelder Feuerwerk

*Mansfeld*
*Dienstag, 26. September von 23.02 Uhr bis 23.27 Uhr*

Die Bässe hämmerten aus den Boxen des Autoradios. Lexa sprang auf den Beifahrersitz im Rhythmus hin und her. Seine Arme vollzogen irgendwelche mehr oder weniger rhythmische Bewegungungen. In seinem Mundwinkel hing eine noch glühende Kippe. Genervt verdrehte Hannes die Augen. Bei diesem Krach konnte er sich kaum auf die schlecht beleuchtete Landstraße konzentrieren. Im letzten Moment wich er einem über die Straße huschenden Fuchs aus. Hannes war erleichtert, als sie endlich das Ortseingangsschild von Mansfeld erreichten.

„Kannste nicht mal den Scheiß etwas leiser drehen. Wir wecken mit dem Radau die ganze Stadt auf." Hannes schrie sich dabei die Kehle fast aus dem Hals. Aber sein Kumpel war absolut in seiner Musikwelt gefangen. Jedenfalls dachte er nicht im Geringsten daran, die absurde Hampelei zu unterbrechen, geschweige denn die Musik runterzudrehen.

„Mach das Ding leiser!" Hannes schrie ein weiteres Mal. Immerhin näherte sie sich bereits dem Stadtzentrum.

„Was haste gesagt?" Lexa hatte seine Augen weit aufgerissen. Dabei wirkte er vollkommen abwesend. Wenige Sekunde später begann Lexa den Song laut zu grölen. Hannes kannte weder das Lied noch verstand er von dem Text irgendein Wort. Es war zum Kotzen, dass sein Kumpel ständig vollgedröhnt war. Wütend trat Hannes auf die Bremsen und schaltete das Autoradio aus. Für ein paar Sekunden genoss er die Stille. Dann fuhr er weiter in Richtung Bahnhof. Entgeistert sah ihn Lexa an.

„Bist du irre?" Lexas Stimme klang wie das Quietschen der Kreide an der Tafel. „In fünf Minuten geht das Feuerwerk los und danach sind wir um paar Tausend Euro reicher. Da darf man doch schon ein wenig Vorfeiern." Vergnügt stupste Lexa seinen Kumpel in die Seite. Das skeptische Gesicht des Freundes, zeigte ihm, dass dieser nicht die Vorfreude teilte. „Mensch Hannes, machste dir 'nen Kopf. Ich kann dir versichern, die Sache wird laufen wie geschmiert. Immerhin ist das ein totsicherer Tipp meines alten Zellennachbarn Kalle. Und der ist ein echter Spezi in puncto Automaten-in-die-Luft-jagen."

„Warum dreht dein Zellennachbar das Ding nicht selber?", knurrte Hannes.

„Na, weil der noch drei Jahre absitzen muss und ich halt schon wieder den Duft der Freiheit schnuppern darf." Lexa nahm einen Zug von seiner selbstgedrehten Kippe und stieß ein Rauchwölkchen aus. Der süßliche Duft von Gras wurde immer unerträglicher im Innern des Wagens.

„Und was ist nun so totsicher daran?", schnauzte Hannes in Richtung seines Kumpels. Er war wütend auf Lexa und er war noch wütender auf sich. Warum hatte er sich bloß auf den ganzen Scheiß eingelassen. Eigentlich hätte er gleich die Sache abblasen müssen, als er mitbekam, dass Lexa mal wieder völlig high war. Aber er hatte sich, wie schon so oft, von diesem bequatschen lassen.

„Nun erzähl ich es dir noch einmal ganz langsam, damit es auch in deinen verfluchten Schädel hineingeht." Lexa beugte sich zu ihm herüber. „Einmal die Woche, immer montags, werden die Geldkassetten der Fahrkartenautomaten ausgetauscht. Heut haben wir Sonntag. Wir kriegen also die Einnahmen der gesamten Woche. Gibs zu, das klingt gut!" Lexa fing hysterisch an zu kichern. „Verdammt gut!"

Hannes nickte nur. Inzwischen war es kurz nach 23 Uhr. Er bog mit dem Wagen auf dem Bahnhofsvorplatz ein und bremste. Ein kurzer Blick durch die Vorderscheibe schien zu bestätigen: Die Bewohner der kleine Stadt Mansfeld lagen bereits im Tiefschlaf. Jedenfalls waren die

Lichter sämtlicher Häuser rund um den Bahnhof verloschen. Lexa riss die Tür auf, stieg aus dem Wagen und holte aus dem Kofferraum die Aktentasche mit dem Sprengstoff.

Hannes gefiel die ganze Angelegenheit nicht. Früher hatte er zusammen mit Lexa so manchen Bruch durchgezogen. Zugedröhnt war sein Kumpel dabei fast immer. Das war auch der Grund, warum sie ihn vor drei Jahren erwischt hatten. Ihm war damals die Flucht gelungen und Lexa hatte dichtgehalten. Dafür war er ihm auch dankbar. Zum Ausgleich hatte er ihn alle vierzehn Tage im Knast besucht. Früher hatte sie ihre Dinger noch auf die „klassische" Art durchgezogen. Für einen Bruch brauchte man nur einen Draht und etwas Geschicklichkeit. Aber die Sache mit dem Sprengstoff war doch ein ganz anderes Kaliber.

„Hannes!"

Er wurde aus den Gedanken gerissen und drehte sich reflexhaft um. In dem Moment warf Lexa ihm die Aktentasche zu. Hannes konnte sie gerade noch auffangen.

„Bist du wahnsinnig geworden." Hannes war kreidebleich. Lexas Stimme überschlug sich bei seinem nicht enden wollenden Lachanfall.

„Du müsstest dich einmal sehen. Hast du geglobt, die Aktentasche fliegt dir um die Ohren."

„Na was denn sonst!"

Lexa schüttete sich aus vor Lachen „Ohne Zünder passiert da gar nichts", prustete er hervor. Dann riss er ihm die Tasche wieder aus der Hand und schlenderte gut gelaunt hinüber zum Bahnsteig. Hannes folgte ihm mit einem gewissen Abstand. Dabei schaute er sich immer wieder zu den Fenstern der Häuser um. Aber trotz ihres Krachs, den sie hier veranstalteten, war noch niemand wach.

Ohne viel Federlesen kniete Lexa sich vor dem Fahrkartenautomaten nieder, öffnete die Tasche und packte Dynamitstange, Sprengkapsel und Zündschnüre aus.

„Du kennst dich damit wirklich aus?" Hannes konnte seine Nervosität kaum verbergen.

„Klar. Kalle hat mir jeden Handgriff genau erklärt."

Lexa klopfte das metallene Gehäuse ab.

„Hier müsste sich die Geldkassette befinden. Also platziere ich den Sprengstoff etwas höher."

„Und aus welchem Grund machst du das so?"

„Nun denk mal nach, Kumpel. Wenn ich Sprengladung genau hier anbringe ..." Lexa klopfte an die Stelle, wo sich die Geldkassette befand. „Dann macht es laut Puff! Aber unsere ganze schöne Kohle verbrennt wie Zunder."

Lexa befestige nun die Dynamitstangen, an dem von ihm ausgewählten Platz, legte die Schnüre und die Zündkapseln. Hannes musste sich eingestehen, wie sein Kumpel geschickt mit dem Dynamit und den Zündschnüren hantierte, wirkte sehr professionell.

Ratsch. Das Flämmchen von Lexas Feuerzeug züngelte im Wind. Vorsichtig führte er dieses an die Zündschnur. Fasziniert beobachte Hannes, wie die Flamme ihren Weg sich in Richtung der Dynamitstange bahnte.

„Deckung!", schrie Lexa und riss seinen Kumpel mit zu Boden. Ein gewaltige Rums erschütterte den friedlichen Ort.

Als erster hatte sich Lexa wieder aufgerappelt.

„Wow! Das war ein Feuerwerk!" Lexa sprang in die Luft „Wow! Wow! Das war so geil!"

Hannes, der sich inzwischen auch wieder aufgestanden war, packte Lexa an der Jacke.

„Du Idiot! Die Ladung war viel zu heftig. Da sind alle Anwohner aus den Betten geflogen. Wir müssen uns beeilen, ehe die Bullen hier auftauchen."

Beide rannten zurück zu den Fahrkartenautomaten. In der äußeren Hülle klaffte ein riesiges Loch. Ohne größere Schwierigkeiten zog Lexa die Geldkassette heraus. Mit einem

Schraubenzieher hebelte er den Deckel der Kassette auf. Sie war leer.

„Aber das kann doch nicht … Heute ist doch Sonntag … Da müssten doch …", stammelt Lexa. Erst jetzt entdeckte Hannes den großen Aushang direkt hinter dem Automaten:

„Seit dem 15. April ist der Zugverkehr auf dieser Strecke eingestellt."

Lexa ließ sich auf das Straßenpflaster fallen und fing an zu lachen.

„Kein Zugverkehr! Kein Zugverkehr!", prustete Lexa. Hannes versuchte ihn wieder hochzuholen, doch sein Kumpel trommelte lachend auf den Asphalt und konnte sich nicht mehr beruhigen.

„Trottel!" Hannes ließ ab von ihm und rannte in Richtung seines Autos. In dem Moment bogen zwei Polizeiwagen um die Ecke. Diesmal würde ihm wohl die Flucht nicht gelingen.

# Mit Gottes Hilfe

*Rochlitz bei Leipzig*
*Sonntag, 23. November von 19.55 Uhr bis 20.22 Uhr*

„Also, am Südportal befinden sich die beeden Heilischenfiguren. Wenn ich bloß 'nen blassen Schimmer hätt, welches der bleeden Portale, das südliche ist." Matze drehte umständlichen den ausgebreiteten Grundriss der Kirche. Er hielt den Plan gegen das Licht. Doch der Schein der Straßenlaterne war zu schwach, um die Details der Zeichnung zu erkennen. Matze wollte nicht das Innenlicht des Wagens anschalten. Dies würde unnötigerweise die Aufmerksamkeit auf die beiden Männer lenken, die schon verdächtig lange vor dem Gotteshaus parkten.

„Nu wenn wir erstmol in der Kirche sind, werdn wir schon die ollen Heiligen finden.", brummelte er eher vor sich.

„Was wolln wir eigentlich mit denen?" Fred blies sich in die Hände, um seine klammen Finger zu wärmen. Als Matze nicht antwortete, stieß er ihn in die Seite. Dieser stöhnte genervt auf.

„Du bist wirklich ein dämlischer Hirni!" Matze faltete wütend den Grundriss zusammen. „Diese Figuren sind total wertvoll. Sie

184

sind aus Terrakotta, haste jemals schon mal was davon gehört?"

Fred schüttelte den Kopf.

„Nu, was dies genau ist, weeß ich och ni. Aber es muss was Besonderes sein, so was Ähnliches wie Keramik, aber schon furchtbar alt, mindestens ein paar hundert Jahre."

„Wow!" Fred starrte ihn mit offenem Mund an.

„Aber letztendlich is das völlig egal. Für die Dingen krieschen wir fünf Riesen vom Boss. Nur das zählt."

„Du hast recht, das ist das Einzige was zählt." Matzes Kumpel grinste breit, so dass ein schwarzer Zahnstummel sichtbar wurde. Endlich schien er begriffen zu haben, um was es bei dem Bruch ging. Mit fünftausend Euro konnte Fred etwas anfangen, aber nicht mit irgendwelchen alten Keramikfiguren.

Matze schielte zu seiner Armbanduhr. Es war kurz vor acht. Langsam wurde es eng. Nervös trommelte er auf dem Lenkrad des Bullis. Immer wieder wandert sein Blick über den Marktplatz hinüber zur Kunigundenkirche.

„Lieber Gott, wenn nicht bald diese langmähr'sche Abendandacht vorbei ist, flippsch noch aus. Heut Obend kommt so ein Antiquitätenhändler zum Boss, der Interesse an solch alten Zeug hat. Das heeßt spätestens in zwee

Stunden müssen wir mit den Figuren in Leipzsch sein."

Gott schien Matzes Stoßgebet erhört zu haben, denn mit einem Mal ertönten die Glocken der Kunigundenkirche. Ein Lächeln huschte über Matzes Gesicht. Dies war der Startschuss! Behände sprang er aus dem Wagen und öffnete die Tür zur Ladefläche. Die blauen IKEA-Tasche mit den alten Decken warf er Fred zu. Später sollten die Figuren hier drin eingewickelt werden. Schließlich mussten sie den Transport nach Leipzig unbeschadet überstehen. Natürlich ließ Fred, der Trottel, die Tasche auf den Boden fallen.

„Rindviesch, kannste ne aufpassen", zischte Matze, nahm flugs selber die Tasche auf und drückte sie seinen Kumpel an die Brust. Dann schnappte sich Matze den Rucksack, in dem das Werkzeug verstaut war.

„Du hältst dich direkt hinter mir", raunte Matze seinen Kumpel zu. Im Schatten der parkenden Autos schlichen die beiden Männer in Richtung des Eingangsportals der Kirche. Sie eilten über die Straße und drängte sich geradewegs dicht an die Mauer der Kirche. Die ersten Besucher verließen bereits das Gotteshaus. Nun mussten sie den günstigsten Augenblick abwarten.

Wir üblich drückte der Pfarrer jedem einzelnen Gemeindemitglied die Hand und wünschte ihnen einen guten Heimweg und eine segensreiche Woche. Als drei älteren Damen den Pfarrer in Beschlag nahmen, wusste Matze, was zu tun war.

„Jetzt", zischte er seinem Kumpel zu. Da dieser nicht gleich schaltete, packte er ihn am Ärmel des Parkas und zog ihn hinter sich her. Fred stolperte, rutschte beinah mit der unhandlichen IKEA-Tasche auf dem regennassen Boden aus. Aber irgendwie gelang es ihnen doch unbemerkt hinter dem Rücken des Pfarrers in das Gebäude zu huschen. Fred blieb wie angewurzelt stehen und starrte wie gebannt auf den angeleuchteten mittelalterlichen Altar. Wahrscheinlich betrat dieser Trottel zum ersten Mal in seinem Leben ein Gotteshaus.

„Hier lang!", zischte Matze und zerrte seinen Kumpel hinter eine Säule. „Jetzt halt deine Gusche, bis die alle verschwunden sind."

Während sich Fred weiter ehrfurchtsvoll umblickte, lauschte Matze angespannt.

„Ach Pfarrer Rose, ihre Predigt war heute wieder ganz aus dem Leben gegriffen." Dem Klang der Stimme nach, stellte sich Matze eine altjüngferliche Frau um die Fünfzig vor, die mit großen Augen ihren Pfarrer anhimmelte. Fast musste Matze bei der Vorstellung ein wenig schmunzeln. Doch dann redete diese Frau unaufhörlich auf den Pfarrer ein. Redete und redete wie ein Wasserfall. Nervös schaute Matze nun bereits zum wiederholten Mal auf seine Armbanduhr. Die Zeit verrann. Erst wenn der Pfarrer die Kirchentüre schloss, konnten sie losschlagen.

Endlich hörte Matze, wie der Pfarrer den Redefluss seines wohl größten Fans unterbrach. Dann dauerte es nochmals zehn Minuten, bis der Geistliche endlich die schwere Kirchentür schloss. Die Schritte des Pfarrers verhalten auf den Weg in die Sakristei. Jetzt konnte Matze endlich die Taschenlampe hervorholen. Er leuchte die hohen Wände der Kirche ab.

„Verdammt, wo ist denn nun das Südportal?" Um sich zu vergewissern, taste Matze nach dem Grundriss. Doch in der Tasche seines Mantels fand sich nichts weiter als eine Packung Tempotaschentücher. Er musste wohl den Plan im Auto liegengelassen haben.

„Vielleicht hätten wir 'nen Kompass mitnehmen solln", warf Fred ein. Matze strafte seinen Kumpel mit einem vernichtenden Blick zu. So etwas Dummes konnte auch nur Fred einfallen. Am liebsten hätte er ihn ein paar in die ...

„Kann ich Ihnen helfen?", sprach von hinten Matze eine angenehm dunkle Stimme an.

Schlagartig drehten sich die Ganoven um. Pfarrer Rose sah sie mit einem freundlichen Lächeln an. Wo war der plötzlich aufgetaucht, fragte sich Matze einen Moment irritiert. Doch schnell hatte er sich wieder im Griff. Kurzfristig beschloss Matze seinen Plan zu ändern und die Gunst der Stunde zu nutzen.

„Ja das können Sie!" Er riss eine Pistole aus dem Hosenbund. „Wo sind Figuren?"

„Sie meinen Kunigunde und Heinrich?"

„Mir ist scheißegal, wie die heißen. Wir wolln die Figuren." Er hielt dem Pfarrer die Pistole unter die Nase. Dieser zögerte einen Augenblick, dann sagte er mit ruhiger Stimme:

„Die werden gerade restauriert."

„Das sollsch dir globen?" Matze grinste den Pfarrer an.

„Kommen Sie mit. Ich zeig sie Ihnen." Der Pfarrer führte die beiden Männer den langen Kirchengang entlang und hielt schließlich vor einer kleinen Pforte. Er öffnete die Tür.

„Sehen Sie, hier sind die Skulpturen!" Matze folgte dem Pfarrer. Doch in dem dunklen unaufgeräumten Raum konnte er nirgend die Heiligenfiguren erkennen.

Der Angriff kam überraschend. Blitzschnell packte der Pfarrer Matze am Arm und zog ihn über die Schulter. Dieser knallte krachend auf den Kirchboden. Kurze Zeit später landete sein Kumpel neben ihm. Während die beiden Männer sich schmerzhaft ihre Glieder rieben, verließ der Pfarrer den Raum. Zufrieden drehte er den Schlüssel um und begab sich in sein Büro. Mit einem Seufzer wandte er sich an das Kruzifix an der Wand.

„Herr, vergib mir mein ungestümes Betragen." Sein Blick glitt über die unter dem Kruzifix hängende Urkunde: Frank Rose - Deutscher Judomeister 1996.

Pfarrer Rose nahm sein Handy und rief der Polizei.

# Toter Ritter

*Dissen (Lausitz)*
*Sonntag, 16. Mai von 15.03 Uhr bis 15.41 Uhr*

„Kommen wir zum heutigen Höhepunkt unseres Ritterturniers – Dem Zweikampf der Giganten!" Der Herold in seinem kurzen grünen Röckchen setzte ein merkwürdig gebogenes Blasinstrument an den Mund. Ein durchdringend quäkender Ton erschallte über den Turnierplatz. Wulf musste schmunzeln. Das war tatsächlich keine hollywoodreife Präsentation. Trotzdem liebte er dieses Fest mit all den Spielleuten, Gauklern und Handwerkern, die so taten, als wäre die Welt vor 500 Jahren stehengeblieben. Der Höhepunkt waren selbstverständlich die Ritterkämpfe. Seine Kollegen von der Cottbuser Mordkommission kannten schon seine Vorliebe für das Mittelalterfest in Dissen. Jedes Jahr um diese Zeit nahm er sich extra dafür frei. Da konnte die Welt in Cottbus untergehen.

„Es treten als Kontrahenten an …" Der Herold blies ein zweites Mal in seine Tröte. „Gunnar, der Wohlbeleibte!"

Das Zelt, in welchen sich die Ritter aufhielten, wurde einen Spalt geöffnet. Ein langmähniger Mann, der seinem Namen alle Ehre tat, trat heraus. Das Kettenhemd spannte gewaltig über seinen massigen Körper. Dem ersten Anschein nach wirkte er gutmütig. Dies versuchte er mit einer besonders finsteren Mine wieder wettzumachen. Gunnar lief einmal die Kampfarena ab. Dabei schwang er die Streitaxt und stieß mehrere wilde Kampfesschreie aus. Die Zuschauer tobten vor Begeisterung.

„Und als sein Gegner ..." Nur mühsam verschaffte sich der Herold wieder Gehör. Es lag wohl daran, dass er diesmal vergaß in sein Horn zu blasen. „Stanislaw, der Unbesiegbare!"

Wieder öffnete sich das Zelt. Heraus trat ein ebenso bärtiger, wie kräftiger Mann. Er trug einen tiefblauen Umhang über sein Kettenhemd. Dieser hatte etwas Königliches und steigerte die Aura seines Trägers ungemein. Stanislaw ging sogleich in die Mitte der Arena und warf einen verachtenden Blick auf den Gegner. Anschließend löste er mit einer lässigen Bewegung das Band seines Umhangs. Dieser segelte elegant zu Boden. Worauf Stanislaw die Streitaxt in die Höhe riss.

„Komm her, du Feigling. Magst du endlich den metallenen Geschmack meiner Axt kosten?"

Gunnar drehte sich abrupt seinem Gegner zu. Er fixierte ihn mit finsterem Blick. Langsamen Schrittes umkreisen sich die Kontrahenten. Kaum hatte der Herold das dritte Mal in sein Horn geblasen, stießen die beiden Männer einen Schrei aus und stürzten mit Gebrüll aufeinander zu. Die Streitäxte der Ritter Gunnar und Stanislaw zerschnitten die Luft. Funken stoben, wenn diese auf die Schilder krachten. Gebannte folgte Wulf dem Schauspiel. Ihm wurde wieder bewusst, warum er jedes Jahr hierherkam.

„Die beiden sind Brüder", flüsterte Jesica ihrem Mann zu. „Sie betreiben gemeinsam einen Landgasthof."

Statt einer Antwort knurrte Wulf. Ihn interessierten jetzt wirklich nicht die Klatschgeschichten seiner Frau. Jesica liebte das Mittelalterfest überhaupt nicht. Im Gegenteil sie verdrehte jedes Mal die Augen, wenn er mit Begeisterung von Rittern und Burgen sprach. An sich begleitete sie ihn nur hierher, weil sie aus der Gegend stammte. Sie nutzte die Chance, um mit alten Bekannten zu tratschen. So hatte sie wohl erfahren, wer in Wahrheit unter den Kettenhemden steckte.

Der Kampf war leider eine etwas einseitige Angelegenheit. Der schwerfällige Gunnar musste vor den kräftigen Schlägen seines Bruders ausweichen. Ihm floss inzwischen der Schweiß schon in Strömen unter dem Helm hervor.

Da! Ein Raunen ging durchs Publikum. Stanislaw hatte Gunnar voll mit der Axt erwischt. Dieser stürzte zu Boden. Nur mühselig rappelte sich wieder hoch.

„Gunnar, du bekommst deine letzte Chance. Doch vorher brauche ich noch einen Trank der Labung!"

Wie auf Stichwort öffnete sich das Zelt einen Spalt. Eine attraktive Enddreißigerin in einem mittelalterlichen Kostüm kam mit wiegenden Hüften herbei und reichte Stanislaw eine eiserne Kanne. Der trank diese in einem Zug leer.

„Das ist Maria, die Freundin von Stanislaw, die kommt aber nicht von hier", raunte Jesica ihren Mann zu. „Und die Vollbusige, die neben dem angeschlagenen Ritter kniet, ist Hanka, Gunnars Frau."

Unwillkürlich blickte Wulf in die angegebene Richtung. Aber eigentlich interessierte ihn dies überhaupt nicht. Er wollte, dass der Kampf endlich weiter ging und nicht die gesamte Familiengeschichte des Dorfes erfahren.

Mühsam rappelte sich Gunnar wieder auf. Dann stürzte er mit einem nun mehr kläglichen Kampfschrei seinem Bruder entgegen. Doch Stanislaw parierte den Angriff und trieb seinerseits Gunnar mit mehreren kräftigen Axthieben vor sich her.

Plötzlich hielt er inne. Mit weit aufgerissenen Augen rang er nach Luft. Seine Streitaxt fiel ihm aus der Hand. Wenige Sekunden später sackte er in sich zusammen und landete auf dem Sand der Arena. Mit einem Mal war es totenstill. Alle starrten auf den am Boden liegenden reglosen Mann. Während Gunnar verwirrt seinen Helm abnahm, hatte sich Hanka als erste gefangen.

„Herzinfarkt. Holen Sie schnell einen Krankenwagen!", rief sie in die Runde. Sofort zückten etliche ihre Handys. Währenddessen war Wulf von seinem Platz aufgesprungen und in die Mitte der Arena geeilt. Er kniete sich direkt neben Stanislaw und legte sein Ohr auf dessen Brust. Lag es nur an dem dicken Kettenhemd, dass er keinen Herzschlag vernahm? Schnell taste er nach der Halsschlagader. Der erfahrende Kriminalkommissar erkannte sogleich: Jede Hilfe kam zu spät. Doch der Schaum am Mund des Toten war merkwürdig.

„Sieht nach einer Vergiftung aus", murmelte Wulf halblaut. Irgendeiner der Umstehenden hatte seine Bemerkung aufgeschnappt. Wulf konnte regelrecht beobachten, wie sich diese wie eine La-Ola-Welle auf den Zuschauerrängen verbreitete. Die Unruhe wurde dort immer stärker. Inzwischen war überall das Wort „Gift" zu vernehmen.

„Das war die!", schrie Hanka plötzlich mit überschlagender Stimme. Ihr ausgestreckter Finger deutete anklagend auf Maria. Diese riss erschrocken die Augen auf.

„Aber … aber ich liebe doch Stani. Der Krug stand die ganze Zeit unbeaufsichtigt im Zelt. Jemand anderes muss Gift in den Trank getan haben." Hilflos hob sie die Blechkanne, die sie immer noch in der Hand hielt.

„Na wer wohl?" Hanka lachte höhnisch. „Du hast es nicht ertragen, dass Stani nicht mit zu dir nach Berlin wollte. Er war glücklich hier mit uns und dem Gasthof. Das wissen doch alle im Dorf." Wie um Bestätigung erheischend, sah sich Hanka um.

„Ja, der Stani ist einer von uns" murmelten tatsächlich einige.

„Ich weiß nicht, was du meinst. Wir hatten alles geplant für unseren Neuanfang. Stani hatte bereits ein hübsches Ausflugslokal am Müggel-see ins Auge gefasst. Fast alles war mit dem Vorbesitzer geklärt. Nur mit den Finanzen lief es noch nicht so. Stani wollte seinen Anteil vom Landgasthaus verkaufen. Aber dein Mann stellte sich immer wieder quer …"

„Du lügst, ohne rot zu werden. Stani hätte Dissen niemals verlassen. Er ist ein bodenstän-diger Mensch im Gegensatz zu dir." Hanka er-hielt zustimmendes Gemurmel von den umherstehenden Leuten. Doch Maria ließ sich nicht davon beirren.

„Du hast keine Ahnung, wie der Bruder deines Mannes getickt hat. Stani hat die Enge des Dorfes inzwischen gehasst. Immer wieder die gleichen Gesichter, der gleicht Tratsch, die gleichen Vorurteile. Er hatte so die Nase voll. Stani wollte nur eins. Weg von hier!"

„Niemals!", fauchte Hanka. „Er wollte sich von dir trennen! Noch gestern hat er es mir in einem vertraulichen Gespräch gesagt." Hanka näherte sich drohend Maria. Dabei bebte ihr großer Busen vor Zorn.

Inzwischen hatte Wulf seine Kollegen von der Cottbuser Mordkommission informiert. Die hatten gespottet, dass ihm die Morde auch in seiner Freizeit verfolgten. Jesica hatte sich an seine Seite geschlichen.

„Mit den Frauen stimmt etwas nicht. Eine der beiden lügt", flüsterte sie ihm leise zu.

„Das ist mir auch aufgefallen und ich ahne schon, wer die Lügnerin ist." Wulf musterte die Frauen eindringlich. Mit einem Mal fiel ihm auf, wie Hanka irgendetwas in ihrer Manteltasche suchte. Jetzt hatte sie es gefunden. Ihre Hand umschloss irgendein Gegenstand. Während sie weiter auf Maria einredete, glitt ihre Hand in Richtung Marias Jackentasche. Blitzschnell packte Wulf zu.

„Was soll das? Lassen Sie mich los!", zeterte Hanka. Doch Wulf hielt ihre Hand in einem eisernen Griff. Mit der anderen Hand öffnete ihre Finger. Auf Hankas Handteller lag das Fläschchen mit dem Gift.

„Ich glaube, dafür sind Sie uns eine Erklärung schuldig." Wulf musterte sie mit einem durchdringenden Blick. Entgeistert sah Hanka den Kommissar an. Schließlich rang sie sich zu einer Antwort durch.

„Ich hab das nicht gewollt" murmelte sie. „Aber ich wusste keinen Ausweg. Maria hatte recht. Stani wollte seinen Teil vom Gasthof verkaufen. Das hätte unsere ganze Existenz ruiniert."

Wulf hörte die Sirene des näher kommenden Polizeiwagens. Nächstes Jahr würde er nicht mehr zum Ritterfest nach Dissen kommen.

# Die schöne Diebin

*Berlin-Zehlendorf*
*Mittwoch, 13. August von 23.05 Uhr bis 23.37 Uhr*

Endlich verlosch das Licht auch in der letzten Villa der kleinen Straße. Mögen die Anwohner einen tiefen Schlaf haben. Ein Lächeln umspielte Annabelles Lippen. Sie spähte kurz auf ihre Uhr. Es war wenige Minuten nach elf. Die Aktion konnte starten. Lautlos glitt sie aus dem Wagen, eilte geschmeidig wie eine Katze zum Kofferraum und öffnete diesen. Als Nächstes streifte sie sich ihr buntes Sommerkleid ab und warf es mit einer lässigen Handbewegung irgendwo in die Richtung des leeren Benzinkanisters. Jetzt trug sie nur noch diesen dunkelblauen Vollanzug aus Kunststoff.

Sie zog sich die Kapuze über den Kopf und schob ihr langes blondes Haar darunter. Für einen Moment hielt sie inne und atmete tief durch. In Gedanken versunken strich sie über den Anzug. Der gummiartige Stoff schmiegte sich eng an ihre nackte Haut. Er brachte hervorragend ihre gute Figur zur Geltung. Es war ausgesprochen bedauerlich, dass sie nie jemand in ihrer „Arbeitskleidung" zu Gesicht bekam.

„Schätzchen, diesen Bruch in Thalers Villa machste mit links."

Annabelle hatte Bolls fistelnde Stimme immer noch im Ohr. Der hatte gut reden. Zumal er sich nicht einen Zentimeter von seinem Computer wegbewegte. Das Risiko trug allein sie. Aber wenn das Brillantcollier tatsächlich so viel wert war, wie Boll meinte, dann war es diesen Einsatz wert.

Fast eine Woche hatte sie, wie es ihre Art war, an der Ausführung des Bruchs getüftelt. Nichts wollte sie dem Zufall überlassen. Stundenlang hatte sie die Villa observiert, Thalers Lebensgewohnheiten studiert, Eingänge, Fenster und Alarmanlagen gecheckt. Die Villa war wie eine Festung gesichert. Erst danach zog sie die beiden Nachbarhäuser in ihre Beobachtungen mit ein. Nach Auswertungen der Fakten und Abwägung aller Eventualitäten entwickelte Annabelle endlich ihren Plan. Die schlechte Nachricht war: Sie musste über das Dach der Nachbarvilla einsteigen. Die gute: Die Besitzer, ein gewisser Herr Schröder nebst Gattin, waren zur Zeit auf einer Kreuzfahrtschiffreise. Das Risiko erwischt zu werden, war minimal.

Annabelle nahm aus dem Kofferraum ein langes Seil und die Umhängetasche mit dem Werkzeug. Beides hängte sie sich um die Schulter, schloss behutsam den Deckel des Kofferraums und warf zu guter Letzt einen kurzen Blick die Straße entlang. Diese war zum Glück immer noch menschenleer.

Annabelle öffnete die Gartentür. Sie huschte gebückt an dem Haupteingang vorbei. Bei ihrer Recherche war ihr selbstverständlich die Kamera direkt vor der Haustür aufgefallen. Zwar war sie sich sicher, dass dank der Kapuze nicht viel von ihr zu erkennen war, aber warum sollte sie ein unnötiges Risiko eingehen.

Deshalb schlug sich Annabelle sofort ins Gebüsch. Geschützt durch das Blätterdach des Rhododendrons gelangte sie problemlos zur Rückseite des Hauses, wo sich eine ungesicherte Verandatür befand. Annabelle brauchte nicht einmal eine halbe Minute um ins Innere der Villa zu gelangen.

Die Zimmer waren vollgestopft mit wertvollen Antiquitäten. Aber Annabelle ignorierte diese. Das eigentliche Ziel war ja weit aus Lohnender. Aber sie merkte sich das Haus vor, wenn sie mal auf die Schnelle etwas „Kleingeld" bräuchte. Diesmal hatten die Schröders Glück und bekamen keinen Schock bei der Rückkehr von ihrer Kreuzfahrt.

Annabelle eilte die Treppe nach oben. Sie musste zunächst den Zugang zum Dach finden. Die Tür zur Bodenkammer lag etwas versteckt. An dem verrosteten Schloss merkte sie sogleich, dass die Besitzer des Hauses selten hierherkamen. Mit einem Knirschen gab das

Schloss nach. Fast gleichzeitig stob erschrocken eine Schar von Tauben auseinander. Diese Ratten der Lüfte, hatte sich es hier mit den Jahren gemütlich eingerichtet. Annabelle beachtete sie nicht weiter, sondern sie ging gleich in Richtung der Luke, die auf das Dach hinausführte. Diese war breit genug, dass sie sich problemlos durchzwängen konnte. Sie nahm einen der abgestellten Stühle, prüfte kurz die Stabilität und stellte diesen genau unter die Luke. Annabelle stieg auf die Sitzfläche, umfasste dann den eisernen Rahmen und zog sich mit einem Klimmzug nach oben.

Angenehme sommerliche Abendluft schlug ihr entgegen. Sie atmete einmal tief durch, dann kniff sie die Augen zusammen und spähte in Richtung Thalers Haus. Der Abstand zwischen den Dächern der beiden Villen betrug rund drei Meter. Das dürfte kein größeres Problem darstellen. Mit geschultem Blick checkte sie das Dach der gegenüberliegenden Villa ab. Nach kurzer Zeit hatte sie den günstigsten Landepunkt gefunden. Annabelle konzentrierte sich, nahm Anlauf und sprang …

Federnd landete sie ohne dabei das Gleichgewicht zu verlieren. Sogleich band sie das Ende des Seils um einen Schornstein. Danach tastete sie sich vorsichtig an den Rand des Daches. Ein Blick in die Tiefe: Es waren rund fünf

Meter bis zu dem Balkon.

Stück für Stück ließ Annabelle sich an der Hauswand herunter. Endlich erreichte sie den Steinboden. Sie spähte durch die Fensterscheibe. Zwar hatte Boll ihr versichert, dass Thaler an diesem Abend zu einem Bankett ins Hilton eingeladen war und sich die Veranstaltung bis weit nach Mitternacht hinziehen würde, trotzdem war sie vorsichtig.

Annabelle setzte die Klinge des Glasschneiders oberhalb der Balkontürklinke an. Nachdem sie ein kreisrundes Loch in das Fenster geschnitten hatte, konnte sie die Tür von innen öffnen. Sie orientierte sich kurz im Raum. Direkt hinter dem Schreibtisch stand der Tresor. Da drinnen lag das Objekt ihrer Begierde: das sagenhaft teure Brillantcollier!

Aus ihrer Umhängetasche holte Annabelle ein kleines schwarzes Gerät und hielt es an die stählerne Tresorwand. Nach wenigen Sekunden erschien auf dem Display eine Zahlenkombination. Diese gab Annabelle ein und nach wenigen Sekunden öffnete sich der Tresor automatisch. Sie musste lächeln.

Sofort fiel ihr das edle Schmucketui auf. Direkt daneben lag eine Versicherungspolice. Annabelle verschlug es fast den Atem. Der Wert des Colliers war mit einer halben Million veranschlagt. Schnell fotografierte sie mit ihrem

Handy das Schriftstück. Daraufhin wandte sie sich dem Schmucketui zu. Vorsichtig hob Annabelle den Deckel an. Sie erstarrte. Das Behältnis war leer!

Hinter ihrem Rücken vernahm sie ein krächzendes Lachen. Im gleichen Moment ging das Licht im Zimmer an. Blitzschnell drehte sich Annabelle um. Ein fetter Mann im geblümten Morgenmantel stand ihr gegenüber. Es war Thaler, der Besitzer der Villa. Jeder kannte ihn. Denn der Filmproduzent und Lebemann war ein beliebtes Objekt der Berichterstattung von Boulevardzeitungen. Nur das er in „Natura" weitaus schwabbliger wirkte, als auf den Hochglanzfotos.

„Boll hat nicht zu viel versprochen – die hübscheste Diebin, die mir je übern Weg jeloofen ist."

Boll, das Schwein, hatte sie reingelegt! Wut brannte in ihr auf, aber sie musste cool bleiben. Annabelle tastete nach ihrem Mobiltelefon in ihrer Jacke.

„Der offene Tresor, das Loch in der Balkontür ist ein wirklich überzeugender Tatort. Die Versicherung wird zahlen und Boll erhält seinen Anteil." Thaler trat einige Schritte auf Annabelle zu. „Du jehst allerdings leer aus. Was mir ehrlich gesagt völlig egal ist. Jetzt verschwinde. Ick muss die Polizei rufen." Lachend wandte er sich ab und ging in Richtung Tür.

„Für diesen anonymen Hinweis wird die Versicherung dankbar sein."

Annabelle hielt Thaler ihr Handy entgegen.

„Die Versicherung wird zahlen und Boll erhält seinen Anteil." Thalers krächzende Stimme war trotz der schlechten Aufnahmequalität des Handys deutlich zu vernehmen.

„Du hast det allet mitjeschnitten?" Thaler stürmt auf sie zu. „Wag es nicht!"

Bevor er Annabelle erreichte, sah er in den Lauf einer Pistole.

„Achtzig Prozent der Versicherungssumme für mich, der Rest für Sie! Boll bekommt nix." Annabelle sah ihn triumphierend an. Eine Weile schwieg Thaler, dann nuschelte er leise:

„Ick hab wohl keene andere Wahl."

„Ich liebe Männer, die sich schnell mit den Tatsachen arrangieren." Annabelle grinste. Solche Typen wie Thaler waren wahrhaftig einfach gestrickt. Zunächst glauben sie, bloß weil eine Frau attraktiv ist, hätte sie nichts im Kopf. Umso erstaunter sind sie dann, wenn sie dann vom Gegenteil überzeugt werden. Annabelle liebte es, wenn sie derart unterschätzt wurde.

# Schatzsucher

*Landkreis Märkisch-Oderland*
*Donnerstag, 8. September von 13.26. Uhr bis 15.13 Uhr*

„Musste so viel in dir reinschaufeln?" Dennis sah wütend zu seinen schwergewichtigen Bruder, der voller Genuss die zweite Portion Pommes verdrückte.

„Wat bleibt mir anderes übrig. In dem Kaff, dessen Namen ick mir nicht merken kann, jibts halt keen weiteres Vergnüjen." Mike tunkte den nächsten braungebrannten Kartoffelstick in die Majo, betrachte sie von beiden Seiten und ließ sie dann in seinem Schlund verschwinden. „Außerdem wat regst dir uff. Wer ist denn schuld, dass wir hier gelandet sind. Ick nich!"

Dummerweise musste Dennis diesmal seinen Bruder recht geben. Jetzt war es schon eine Woche her, doch wenn er an ihren missglückten Banküberfall dachte, wollte er sich immer noch in den Hintern beißen. Dabei hatte er alles so gut vorbereitet. Die etwas abgelegene Bankfiliale in Weißensee, hatte er eine Woche lang beobachtet. Er hatte sich genau notiert, wann die Geldtransporte kamen, wann Schichtwechsel waren und wann die wenigsten Kunden bedient wurden. Aber als er zusammen mit Mike in die Schalterhalle stürmte und der schon etwas ältlichen Schalterfrau die Knarre unter

die Nase hielt, sah sie ihn nur mit großen Kuh-
augen an.

„Sie wollen sich doch jetzt nicht wahrhaftig
ins Unglück stürzen?" Dennis glaubte, er habe
sich verhört.

„Zaster raus, sonst knallts!"

„Ich denke gar nicht daran!" Dabei strahlte
ihn die ältere Bankangestellte mit einem fröhli-
chen Lächeln an. Dennis hasste es, wenn er
nicht für voll genommen wird. Sein Blutdruck
schoss unwillkürlich in die Höhe.

„Du gibst sofort die Kohle her!", schrie er.

„Nein!", erwiderte die Bankangestellte und
schüttelte trotzig ihren blondierten Locken-
kopf.

„Doch!" Voller Wut riss Dennis sich die
Maske herunter und trampelte darauf herum.
Hinterher war ihm klar, blöder hätte er sich gar
nicht benehmen können. Besonders da im
Raum mindestens drei Überwachungskameras
angebracht waren. Aber er konnte nichts dafür,
er war ein geborener Choleriker.

Die Alarmanlage schrillte los. Mike packte
ihn am Ärmel, zerrte ihn aus der Schalterhalle,
rein in ihren alten Golf und bloß weg.

Jetzt waren sie hier im Oderbruch gelandet.
In Berlin konnten sie sich nicht mehr blicken
lassen. In jeder Zeitung war ihr Fahndungsfoto
abgebildet. Schließlich waren die Olsen-Brüder

schon vorher polizeibekannt.

Aber hier in dieser abgeschiedenen Welt las man keine der Berliner Zeitungen und der Internetempfang war ebenfalls äußerst schlecht. Zur Sicherheit hatten sich die Brüder einen Bart wachsen lassen - Dennis erschrak jedes Mal, wenn er zufällig in einer öffentlichen Toilette in einen Spiegel schaute.

Auf einem Campingplatz hatten sie ihren Wagen abgestellt und dem Platzwart erzählt, dass sie hier auf Angelurlaub wären. Dieser hatte nur genickt. Ihm war nicht einmal aufgefallen, dass sie nicht eine einzige Angel dabei hatten. Die Tage krochen dahin. Nichts geschah. Aber mit der Zeit wurde Dennis unruhig. Die Kohle ging langsam zur Neige, hauptsächlich weil sich sein Bruder weiterhin im Gasthof den Bauch vollschlug.

„Herr Wirt, kann ick …"

„Bist du völlig übergeschnappt?", raunzte Dennis seinen Bruder an. „Willste etwa noch ne Portion?" Ehe Mike etwas erwidern konnte, flog die Kneipentür auf. Alle Blicke richteten sich schlagartig auf den schlaksigen Mann mit den grauen Haaren, der die Wirtschaft betrat.

„Na Atze, wat macht dein Joldschatz?", grölte ihm einer der Stammgäste entgegen. Die anderen Männer fielen lauthals in das Gelächter ein. Der Mann beachtete den Betrunkenen nicht weiter, ging zum Tresen.

„Ein Pils."

„Er hat tatsächlich den Schatz jefunden, sonst könnt sich der Atze dit Bier nicht leisten." Wieder erschütterte höhnisches Lachen den Raum, aber den Neuankömmling schien dies nicht weiter zu jucken. Vielmehr ließ er seinen Blick durch den Gastraum schweifen. Er verharrte kurz, als er Dennis und Mike bemerkte. Daraufhin nahm er das frisch gezapfte Pils und steuerte deren Tisch an.

„Dämliche Ignoranten. Wenn die wüssten …", grummelte Atze halblaut. „Ich darf doch?"

Ehe die beiden Brüder etwas sagen konnten, stellte er sein Bier ab und setzte sich zu ihnen.

„Die halten mich für verrückt, weil ich mit meinem Metalldetektor auf Schatzsuche gehe."

„Jibts hier in der Jegend wat zu finden?" Dennis Neugierde war geweckt.

„Klar, Man muss nur wissen wo. Im Mittelalter verlief nur ein paar hundert Meter vom Ortskern entfernt eine Handelsstraße entlang. Von der Ostsee runter nach Böhmen und dann weiter nach Italien. Damals war das eine echt gefährliche Gegend hier." Atze nahm einen kräftigen Schluck. Er leckte sich den Schaum von seiner Oberlippe ab und beugte sich wieder den beiden Brüdern entgegen. „Es gab eine Menge Diebesgesindel und Wegelagerer. Die überfielen in dem unwegsamen Gelände die Wagen der Kaufleute. Das ging Ratzbatz und die Händler waren ihre sämtlichen Einnahmen wieder los. Sie konnten von Glück reden, wenn sie mit dem Leben davon kamen."

„Und wat hat dit mit dem Schatz zu tun?" Langsam ging Dennis das Gebrabbel von dem Alten auf den Geist. Hatte er nun einen Schatz gefunden oder nicht?

„Sei mal nicht so ungeduldig. Das Interessante kommt ja gleich. Die Räuberbanden versteckte ihre Beute häufig im Sumpf. Dies schienen ihnen am sichersten. So manche Schatztruhe wurde vergessen oder nicht mehr wiedergefunden." Atze nahm einen weiteren kräftigen Schluck. „Jetzt kommt ein großer Sprung in die Gegenwart. Vor zehn Jahren wurde hier in der Gegend so ein Lager entdeckt. Aber meinen Recherchen nach, muss es hier noch weitere geben."

„Deswegen gehst du immer auf Schatzsuche?"

„Du hast es erfasst."

„Hat sich denn deine Expedition bisher gelohnt?"

Atze setzte abermals das Glas an.

„Ich mach das nur für die Wissenschaft. Aber aufm Schwarzmarkt kriechste dafür 'ne Summe im fünfstelligen Bereich."

Dennis versetzte seinen Bruder heimlich unter Tisch einen Stoß. Dieser grinste.

„Und jetzt haste so 'nen Schatz jefunden?"

Statt einer Antwort lächelte Atze vieldeutig. Dann trank er sein Glas in einem Zug leer, ging zum Tresen, knallte zwei Euro auf den Schanktisch und verließ die Kneipe. Dennis und Mike sahen ihn gebannt hinterher.

„Meinste, an seiner Geschichte ist was dran?", fragte Mike unsicher.

„Das kriegen wir nur raus, wenn wir es nachprüfen. Los, den schnappen wir uns!"

Dennis kramte einen Zwanzig-Euro-Schein heraus, legte ihn auf den Tisch und stürmte los. Schnaufend folgte ihm sein Bruder.

Sie hatten Glück. Atze stand an seinem Geländewagen und sortierte die verschiedenen Werkzeuge auf der Ladefläche.

„Willst wohl gerade wieder auf Schatzsuche gehen?"

„Klar", antwortete der alte Mann freundlich.

„Da nimmst du uns gefälligst mit!" Dennis riss eine Pistole unter seiner Jacke hervor und hielt sie Atze an die Schläfe. „Wir sind schon ganz wild darauf deinen Schatz zu begutachten." Sie schubsten den Alten auf den Beifahrersitz. Dennis setzte sich hinter ihm und hielt ihn weiter die Waffe an dem Kopf. Sein Bruder startete den Wagen.

Nachdem sie Atze eine Weile durch ein unwegsames Wald- und Sumpfgebiet dirigiert hatte, bat der Alte Mike, dass er anhalten solle.

„Wir müssen zu Fuß weiter. Und nehmt die Schaufel und die Hacke mit."

Rund zehn Minuten mussten sie sich durch Gestrüpp und Schilf schlagen. Endlich hatten sie ihr Ziel erreicht. Der Fundort lag mitten in einem sumpfigen Waldgebiet direkt an der Oder. Eine verwitterte Holzkiste ragte ein Stück aus dem Morast heraus.

„Na dann wolln wir mal", feuerte Dennis seinen trägen Bruder an. Er warf Mike die Schaufel zu und er selber nahm die Spitzhacke. Dann legten sie los. Während der Alte zusah, lief ihnen der Schweiß den Rücken herunter. Aber der Gedanke an die zu erwartenden Tausender beflügelte die Brüder. Nach ungefähr einer Stunde hatten sie endlich die Kiste freigelegt. Dennis brach den Truhendeckel auf. Hastig drängte Atze ihn beiseite und kniete sich vor die offene Truhe. Vorsichtig schob er etlichen alten Plunder zur Seite und legte ein Säckchen mit Münzen frei. Ein Blick in den verstaubten Lederbeutel ließ sein Gesicht erstrahlen.

„Silbermünzen aus dem 14. Jahrhundert", haucht Atze voller Ehrfurcht.

„Hau ab!" Brutal stieß Dennis den Alten zu Boden. Die beiden Brüder schnappten sich die

Truhe und rannten in die Richtung des Wagens. Es war nicht so einfach, da sie sich den Weg durch hohes Schilf bahnen musste. Plötzlich rutsche Mike aus. Der Zweizentner-Mann versank im Nu im Morast. Dennis, der die Truhe nicht loslassen wollte, wurde mit hinabgezogen. Innerhalb weniger Sekunden standen die beiden Brüder bis zur Hüfte im Moor.

„Hilfe!" Panik schnürte Dennis die Kehle zu.

„Das Gewicht der Kiste zieht euch immer weiter hinab." Lächelnd erschien Atzes Gesicht zwischen den Schilfrohren.

„Verdammt, dann nimm sie uns ab! Oder willst du, dass wir verrecken!" In Dennis Augen spiegelte sich die pure Panik, während Mike vergeblich versuchte Halt zu finden.

„Gerne! Und noch einmal Danke! Ohne eure Hilfe hätte ich nie den Schatz bergen können."

Er beugte sich zu den beiden Brüdern und hielt ihnen eine Zeitung mit ihren Fahndungsfotos entgegen.

„Ich ruf jetzt die Polizei. Bis sie kommt, bleibt schön ruhig! Denn mit jeder Bewegung versinkt ihr tiefer."

Er nahm ihnen Kiste ab und stapfte davon. Das Fluchen der beiden Ganoven wurde immer leiser.

# Die Tote vom Rummelplatz

*Burg bei Magdeburg*
*Samstag, 1. September von 20.12 Uhr bis 20.46 Uhr*

Kommissarin Frick stieg aus ihrem Dienstwagen. Unvermittelt befiel sie ein Frösteln. Es kam jedoch nicht von der nächtlichen Kühle des ersten Septembertages. Vielmehr lag es an der merkwürdigen Atmosphäre dieses Abends. Die untergehende Sonne färbte den Horizont dunkelrot. Auf einer Weide saß eine Schar Krähen und da waren noch diese ausgeschalteten Fahrgeschäfte, die sich als dunkle Schatten vor der im Dämmerlicht liegenden Wiesenlandschaft abzeichneten. Vor dem Absperrband starrten regungslos ein paar ältere Männer und Frauen in Richtung des Tatorts. Die Kommissarin vermutete, dass es die Fahrgeschäftsbesitzer und Losbudenbetreiber waren. Keiner von ihnen sprach ein Wort, obwohl für die meisten die Sperrung des Rummelplatzes am Samstagabend eine Katastrophe war.

Als die Kommissarin in Richtung des Tatortes stapfte, ließen die Leute sie bereitwillig durch. Frick kroch unter dem Absperrband durch. Die Kollegen von der Spusi taten bereits ihre Arbeit.

„Kannste mir schon was sagen?" Frick

stupste den am Boden knienden Wölfert an, den sie, obwohl er ein unfreundlicher Stießel war, wegen seines Fachwissens schätze.

„Bin ich Jesus, kann ich Wunder", knurrte er, genau wie erwartet. Doch dann hielt er inne und schaute mit einmal die Kommissarin traurig an. „Das sind die Fälle, die einen immer wieder fassungslos machen. Sieh dir doch einmal das Mädel an."

Frick war erstaunt. Niemals hatte sie ihren fast immer schlecht gelaunten Kollegen eine solch emotionale Reaktion zugetraut. Aber Wölfert hatte recht. Trotz der klaffenden Wunde am Hinterkopf, war das Gesicht der Toten von geradezu madonnenhafter Schönheit. Das lange, leicht gewellte brünette Haar, die fein geschnittenen Gesichtszüge …

Verdammt noch einmal, warum wurde eine so schöne Frau so früh sinnlos aus dem Leben gerissen!

„Die Tote ist circa Ende zwanzig und wurde mit einem schweren Gegenstand erschlagen. Der Rest braucht Zeit. Genaueres wird erst die gerichtsmedizinische Untersuchung im Institut in Magdeburg erbringen." Wölfert hatte sich wieder gefangen. Seine nüchterne Bestandsaufnahme riss Frick aus ihren Gedanken. Auch sie als Ermittlerin durfte sich nicht von ihren Gefühlen leiten lassen. Die Kommissarin holte ihr kleines Notizbuch hervor und ging zurück zum Absperrband, um die ersten Befragungen durchzuführen. Bevor sie ihr Vorhaben in die Tat umsetzen konnte, wurde sie durch aufgeregtes Geschrei hinter ihrem Rücken abgehalten. Blitzschnell drehte sie um. Sie kniff die Augen zusammen. Wegen des Zwielichts der einsetzenden Dämmerung konnte sie nur schemenhaft etwas erkennen. Irgendwelche Typen verfolgten einen dicklichen jungen Mann. Dieser lief schreiend über die Wiese. Immer wieder stolperte er, verhedderte sich in seinen eigenen Beinen. Von weitem sah es fast so aus, wie eine Szene aus einem Stummfilm. Doch Frick spürte geradezu die Todesangst des Dicken, die sich bis zu ihr hin ausbreitete. Jetzt hatten die Verfolger ihn erreicht. Sie umkreisten ihn und schubsten ihn von einer Seite zur anderen. Er stürzte zu Boden. Dann prügelten sie auf ihn ein. Völlig außer Atem kam eine ältere Frau hinzugerannt. Sie musste sich, ohne dass es Frick bemerkt hatte, aus dem Kreis der Alten gelöst haben. Die kleine zarte Frau warf sich schützend vor den Dicken. Doch die aufgebrachten Männer stießen sie einfach beiseite und traten weiter auf ihr Opfer ein. Es war höchst Zeit einzugreifen. Frick rannte los.

„Aufhören! Sofort aufhören! Polizei!" Schnaufend eilte die Kommissarin über die

Wiese. Aber niemand hörte auf sie „Aufhören! Sag ich!" Frick riss ihre Pistole aus dem Halfter und gab einen Warnschuss in die Luft. Der ohrenbetäubende Knall ließ endlich die Männer innehalten. Erstaunt sahen sie die Kommissarin an.

Nach einer Weile räusperte sich der Älteste von ihnen. Unter seinem halboffenen Hemd kräuselten sich die Locken der Brustbehaarung. Hingegen überdeckten die nach vorne gekämmten Haare auf seinem Kopf kaum die immer größer werdenden Geheimratsecken.

„Was willst du Bullentante? Du hast dich hier nicht einzumischen. Der Bruno hat die Jennie umgebracht. Wir Schausteller regeln das unter uns!" Er wollte schon wieder den am Boden liegenden Mann packen, doch die Kommissarin ergriff seinen Arm und drehte ihn blitzschnell um. Mehr vor Überraschung als vor Schmerz schrie der Kerl auf.

„Das ist Sache der Polizei. In unserem Land herrscht keine Selbstjustiz!", zischte Frick und schubste den Mann ein paar Schritte von sich. Jetzt erst musterte sie ihn genauer. Sein ungepflegter Bart und seine abgeschabte Jeans standen in einem merkwürdigen Kontrast zu dem Seidenschal, den er sich um den Hals gebunden hatte. Seelenruhig nahm die Kommissarin zum zweiten Mal ihr Notizbuch vor.

„Jennie, ist das der Name der Toten?" Der Mann nickte.

„Ja, Jennie von den Autoskootern."

Inzwischen hat sich der Dicke aufgerappelt, sich den Staub von der Hose geklopft und kam mit tapsigen Schritten auf die Kommissarin zu.

„Bruno nicht Jennie totgemacht. Bruno hat Jennie lieb." Er sah Frick mit großen blauen Augen an.

„Der ist nicht ganz richtig im Kopf. Man weiß ja, zu was Solche fähig sind", warf der Wortführer erklärend ein.

Wie eine Raubkatze stürzte sich plötzlich die ältere Frau auf den Mann.

„Kotte, Schau Dich selber an. Du bist auch nicht richtig im Kopp. Bist Mitte Vierzig und immer noch nicht verheiratet. Weil die Weiber dir fortgerannt sind, weil dir die Hand nicht nur einmal ausgerutscht ist. Dagegen tut mein Bruno keiner Fliege was zuleide."

„Und was ist das." Kotte hatte einen hochroten Kopf. Wütend packte er Brunos Handgelenk und drehte dessen Handfläche nach oben. Obwohl sich dieser wehrte, hatte er natürliche keine Chance gegen Kottes eisernen Griff.

„Das ist doch eindeutig, Frau Kommissarin?"

Was Frick da erblickte, ließ tatsächlich nicht viele falsche Schlüsse zu. Brunos Hände waren blutbeschmiert.

„Bruno sag mal, wie kam das da ran?" Die Kommissarin wies auf seine Hände. Der Dicke betrachte diese eine Weile, so als wäre er selbst über das Blut erstaunt.

„Jennies Kopf war kaputt. Bruno wollte ihn wieder heile machen", erwiderte er schließlich ernsthaft.

„Die ganze Zeit scharwenzelte er schon um sie herum." Kotte tänzelte mit einer anzüglichen Geste vor Bruno. „Na ja, man kann es ihm ja nicht verdenken, selbst bei einem wie dem, regt sich manchmal was in der Hose."

„Ihr wart doch selber alle verrückt nach Jennie. Besonders du, Kotte." Die Alte fing plötzlich an zu lachen. „Aber sie hat keinen von euch rangelassen", fügte sie gehässig hinzu.

Fast unmerklich hatte sich Wölfert der Kommissarin genähert. Er flüsterte ihr etwas ins Ohr. Frick nickte. Dann betrachte sie noch einmal Bruno, lächelte kurz und wandte sich an Kotte.

„Warum tragen sie bei den Temperaturen eigentlich 'nen Schal?"

Überrascht über die unvermittelte Frage sah Kotte die Kommissarin an.

„Was soll das. Dies tut doch gar nicht zur Sache."

„Das müssen Sie schon mir überlassen," entgegnete Frick scharf.

„Nun … ich …" verlegen trat Kotte von einem Fuß auf den anderen. „Ich bin erkältet, Halsschmerzen."

Blitzschnell zog die Kommissarin ihm den Schal vom Hals. Mehrere tiefe Kratzspuren wurden sichtbar.

„Unter Jennies Fingernägeln hat mein Kollege Hautpartikel gefunden. Sie sind zudringlich geworden und Jennie hat sich gewehrt. Eine DNA-Analyse wird Gewissheit bringen."

Mit einem Mal wendeten sich alle Blicke der Umstehenden auf Kotte. Ohne sich zu verabreden, kamen die Schausteller langsam Schritt für Schritt auf ihn zu. Kotte wich rückwärts aus. Seinem selbstgefälligen Lächeln war auf einmal purer Angst gewichen.

„Aber … aber … ich hab das doch nicht gewollt", stotterte er. „Ich hab sie doch geliebt. Sie hingegen fand mich abstoßend. Da …"

Die Schausteller kamen immer näher, ohne nur ein Wort zu sagen.

„Frau Kommissarin, so helfen Sie mir doch!", schrie Kotte voller Panik. Frick zögerte einen Augenblick, bevor sie zum zweiten Mal eingriff. Ohne viel Federlesen legte die Kommissarin Kotte die Handschellen an und führte ihn ab. Als er an der Alten vorbeigeführt wurde, spuckte diese neben ihm aus.

"Eine exquisite Sammlung" von Alex Herr
ISBN 9783748199472, 200 Seiten, € 7,90
bei Amazon und überall im Buchhandel

Unsere Empfehlung:

„Mörderische Nachbarschaft" von Ronny Rindler
ISBN 978-3734784989, 212 Seiten, € 7,90
bei Amazon und überall im Buchhandel